SHADODEX

FANTASY UND MYSTERY

... die Enthüllungen beginnen!

Kurzgeschichtensammlung

SHADODEX

FANTASY UND MYSTERY

... die Enthüllungen beginnen!

Kurzgeschichtensammlung

Alle Rechte, insbesondere auf
digitale Vervielfältigung, vorbehalten.
Keine Übernahme des Buchblocks in digitale
Verzeichnisse, keine analoge Kopie
ohne Zustimmung des Verlags.
Das Buchcover darf zur Darstellung des Buches
unter Hinweis auf den Verlag jederzeit frei
verwendet werden.
Eine anderweitige Vervielfältigung des
Coverbilds ist nur mit Zustimmung
des Verlags möglich.
Die Illustrationen sind urheberrechtlich
geschützt und dürfen nur mit Zustimmung
der Künstler verwendet werden.
Die Namen sind frei erfunden.
Evtl. Namensgleichheiten sind zufällig.

www.verlag-der-schatten.de
Erste Auflage 2015
© Kurzgeschichten: Bettina Ickelsheimer-Förster
© Coverbild: Verlag der Schatten
Covergestaltung: Verlag der Schatten
© Illustrationen:
Eva Hausmann (S. 23, 89, 97, 128, 140, 181, 197)
Volkmar Nedorn (S. 47, 68, 157)
© Foto: Schlossar Crailsheim (S. 215)
Lektorat: Sabine Dreyer (»Tat-Worte«)
© Verlag der Schatten, 74594 Kressberg-Mariäkappel
printed in Germany
ISBN: 978-39817123-0-8

SHADODEX

FANTASY UND MYSTERY

... die Enthüllungen beginnen!

Welches Geheimnis birgt ein Tümpel im Wald?
Wer oder was sind die Totensammler?
Was versteckt sich in einem unterirdischen Flusssystem?
Wieso sterben regelmäßig männliche Müller im Sumpf?
Woher kommt der seltsame Baumstumpf plötzlich?
Was beschützen die Wächter?
Welcher Fluch liegt auf der Schwarzen Münze?
Weshalb wurde eine Statue versteckt?
Warum fürchten die Engel eine junge Frau?
Worin besteht der folgenschwere Deal?

Die Sammlung dieser zehn Kurzgeschichten verspricht die Antworten.

Doch seid gewarnt: Es gibt nur wenige Happy Ends.

Dennoch wünschen wir allen Lesern
einige unterhaltsame Stunden!

Ihr Team vom Verlag der Schatten

Inhaltsverzeichnis

Lebenswasser -
das Geheimnis von *Green Death*   9

Die Totensammler   35

Eine schockierende Entdeckung   54

Emmas Rache   73

Kein Zurück!   93

Die Wächter   112

Der Fluch der Schwarzen Münze   131

Der feindlichen Übernahme entgangen   151

Verhängnisvolle Blutlinien   173

Ein folgenschwerer Deal   192

Biografie   214

Lebenswasser – das Geheimnis von *Green Death*

2008

Wieder einmal stand Dr. Erika Koller vor dem Tümpel in ihrem Waldgrundstück. Traurig und den Tränen nahe blickte sie hinab in das klare Wasser, aber auch nachdenklich und mit sich ringend. Sollte sie? Sollte sie wirklich ihr größtes Geheimnis mit einer anderen Person teilen?

Seufzend wanderten Erikas Augen auf etwas, das aussah wie ein kleiner, grün schimmernder Stein. Als ob sie sichergehen wollte, dass es noch da war. Das Ding, mit dem das große Geheimnis verknüpft war, das sie seit einigen Jahren zu hüten versuchte wie ihr eigenes Leben.

Sie vertraute ihrer besten Freundin. Ja, sie vertraute ihr seit dem Tag, an dem sie sich im Kindergarten kennengelernt hatten. Nie hatte Silke etwas ausgeplaudert. Immer hatte sie sich auf sie verlassen können. Immer!

Konnte sie das Risiko aber wirklich eingehen? Wäre es bisher kein Weltuntergang, wenn Silke etwas von dem ausplaudern würde, was sie ihr im Vertrauen erzählt hatte, war es in diesem Fall ganz anders. Durfte sie wirklich riskieren, am Ende vielleicht das zu verlieren, was ihr am wichtigsten war?

»Was soll ich nur tun?«, murmelte sie vor sich hin, während sie in ihre Jackentasche griff und ein Stück Weißbrot hervorholte. »Ich muss ihr doch irgendwie helfen!«

Mit den Gedanken immer wieder zu Silke abschweifend, zerrupfte sie es und warf die Brocken in den Tümpel. Die drei darin schwimmenden Enten stürzten sich sogleich lauthals darauf. Sie fraßen aber nicht alles. Einige Krumen saugten sich mit Wasser voll und sanken langsam auf den Grund, wo ein weiterer Schnabel gierig danach schnappte.

2003 – irgendwo in der Taiga

»Seht ihr das?« Manuel Becker, Leutnant und Chef des kleinen und in aller Schnelle zusammengestellten Teams, deutete in Richtung eines Schattens, der sich aus der Dämmerung schälte. »Unglaublich!«, flüsterte er mehr zu sich selbst als an seine Begleiter gewandt. »Das passt überhaupt nicht hierher!«

»Du sagst es«, bestätigte Hans Helber, der Geologe im Team. »Das sieht aus wie der Eingang zu einem …« Ratlos hob er erst die Arme, bevor er ungläubig mit »Stollen« den Satz beendete.

»Dann war doch schon jemand vor uns hier«, folgerte Becker. »Verdammt!« Er drehte sich zu den anderen um. »Warum wissen wir nichts davon?«

»Das ist wirklich merkwürdig«, brummte Helber. »Diese starke Energie, die wir vor zwei Tagen das erste Mal in diesem Gebiet gemessen haben, können andere natürlich auch entdeckt haben. Dass sie so schnell aber einen Stollen angelegt haben sollen, grenzt an ein Wunder, das nicht mal die Russen, die Amerikaner oder wer auch immer vollbringen kann.«

»Richtig!«, stimmte Becker zu. »Leider bedeutet es auch, dass wir uns vielleicht für nichts und wieder nichts in diese düstere Gegend begeben haben.«

»Egal! Es scheint ja niemand hier zu sein.« Helber zuckte mit den Schultern. »Lasst uns also nachsehen!«

»Ich will mich ja nicht einmischen«, meldete sich Bernd Kern zu Wort, der bisher geschwiegen hatte. »Kommt es euch nicht seltsam vor, dass hier niemand außer uns ist?« Der Physiker im Team runzelte die Stirn. »Ich meine, wenn da drin wirklich etwas ist, das diese Energie ausstrahlt, frage ich mich, warum es nicht bewacht wird. Eigentlich müsste es doch wie ein Hochsicherheitstrakt abgeriegelt werden und dürfte nicht einfach so zugänglich sein.«

»Das wundert mich auch.« Becker schob die Unterlippe nach vorn. »Ich muss aber zugeben, dass mir das gerade ziemlich egal ist. Wir sind hier! Jetzt sehen wir auch nach, was es damit auf sich hat. Es passt nicht hierher. Es gehört nicht hierher. Und ich will wissen, warum ich meinen verdienten Urlaub deswegen abbrechen musste. Also kommt mal her!«

Er versammelte sein Team etwa einen Meter vor dem Eingang des Stollens, der hier ebenso fehl am Platz war wie die plötzlich gemessene Energie. Mitten in dem riesigen Waldgebiet im Norden Asiens.

»Wir gehen rein!«, sagte Becker in militärischem Ton und deutete mit seiner Hand in Richtung Eingang. Er sah aus wie der Zugang zu einem Bergwerk, obwohl es hier keinen Berg gab, nur einen relativ flachen Hügel, der die Bezeichnung nicht einmal verdiente.

»Ich frage mich trotzdem, warum die Messgeräte des Instituts erst vor zwei Tagen die Energie registriert haben. Die fliegen seit Jahren über diese Gegend, immer und immer wieder«, warf Helber ein. »Ist doch komisch! Wie du schon sagst, wir müssten längst davon wissen, wenn bereits jemand hier gewesen wäre. Was Fakt ist. Und wenn es ein Experiment ist, hätten wir auch davon hören müssen. Du weißt doch, dass das Institut Augen und Ohren überall hat.«

»Und wenn tatsächlich jemand geschafft hat, es geheim zu halten oder illegal ein Experiment durchführt?« Jetzt mischte sich auch Dr. Erika Koller ein, die Ärztin und einzige Frau im Team. »Wäre nicht das erste Mal, dass irgendwer querschießt und sich etwas unter den Nagel reißen will.« Sie deutete mit dem Kopf zu dem Eingang. »Wie diese Energiequelle.«

»Noch haben wir keine Ahnung, was es genau ist. Und bevor wir das nicht wissen, sollten wir uns mit Spekulationen zurückhalten«, meckerte Becker. Seine Stimme klang schroffer als gewollt. Es war immer das Gleiche mit dieser Frau – seiner Exfreundin! Fast jede ihrer mit Zuversicht verbreiteten Vermutungen hatte sich bisher als Luftnummer entpuppt. Dass sie schon wieder den Mund derart aufriss, ärgerte ihn also nicht das erste Mal.

»Lasst uns einfach nachsehen, okay?«, zischte er deshalb, um jede eventuell aufkeimende Diskussion bereits im Keim zu ersticken. Das zustimmende Brummen der anderen genügte ihm als Antwort. »Ich geh voran!«, ließ er dann im gewohnten Befehlston, der keine Widerrede duldete, vernehmen.

Als er die mitgeführte Taschenlampe anknipste und in den Stollen leuchtete, schossen plötzlich ein paar Fledermäuse aus der Öffnung. Dicht schwirrten sie über ihnen hinweg. Erschrocken zogen alle die Köpfe ein und hüpften gleichzeitig zur Seite, als ein weiteres Tier aus der Höhle stürmte. Was es gewesen war, konnte keiner genau sagen. Zu schnell war es an ihnen vorbeigeschossen. Zu viel Staub aus dem Inneren hatte es aufgewirbelt und nach außen getragen. Er formierte sich vor dem Eingang, als ob er eine Wand bilden wollte, die das Team am Eindringen hindern sollte.

So kam es Dr. Koller in diesem Moment zumindest vor. Beschlich sie nur deshalb ein ungutes Gefühl? Nein, es war ein Zusammenspiel aus verschiedenen Faktoren. Die dicht herumwirbelnden Staubteilchen kamen ihr wie eine Art letzte Warnung vor. Hier stimmte etwas nicht. Ihre inneren Alarmglocken schrillten immer lauter, je näher Becker dem Eingang kam. Wer auch immer den Stollen gebaut hatte, wo war er jetzt? Und warum sah es hier aus, als ob viele Jahre niemand mehr hier gewesen wäre?

Erika konnte nicht sagen, wieso sie das Gefühl hatte, dass der Stollen vor langer Zeit schon aufgegeben worden war, doch deuteten die Fledermäuse, das andere Tier sowie die uralt scheinenden Stützbalken im Eingangsbereich darauf hin. Warum das keinem von den anderen aus dem Team auffiel oder auffallen wollte, konnte sie sich nicht erklären.

»Das gefällt mir nicht«, murmelte Erika. »Irgendwas stimmt hier nicht.« Sie biss sich ertappt auf die Lippen, als Becker sich zu ihr umdrehte.

»Was sagst du?«

»Nichts, ich hab nur laut gedacht.«

»Denk das nächste Mal leiser!«, maulte er sie an, während er im Trüben des Staubs verschwand und Sekunden später schon nur mehr zu erahnen war. Die anderen folgten dem Leutnant sofort. Nur Erika zögerte. Sie konnte nicht verhindern, dass ihre Gedanken die aufkeimende Befürchtung schürten.

Wenn es keine Energiequelle war, was dann? War dies der Grund, weshalb dieser Ort so verlassen wirkte, obwohl sich darin erkennbar Energie verbarg?

Erika wurde immer mulmiger, je mehr sie ihre Teamkollegen aus dem Blickfeld verlor. Sie musste ihnen folgen. Sofort! Skeptisch ließ sie den Strahl der Taschenlampe in den Tunnel gleiten. Nach nur zwei Schritten begann er, abzufallen. Becker und die anderen waren schon außer Sichtweite. Sie konnte aber hören, wie sie sich lautstark unterhielten. Nur um sie kümmerte sich wieder niemand.

»Vielen Dank, dass ihr auf mich wartet«, rief sie in den Tunnel hinein. Keiner reagierte darauf. Auch die Unterhaltung war plötzlich verstummt. Einzig Kerns ausgestoßenes »Wow!« war nach einigen Sekunden absoluter Stille zu vernehmen.

Neugierig betrat nun auch Erika endlich den Gang. Schon nach wenigen vorsichtigen Schritten im trüben Dunkel des leicht abschüssigen Tunnels konnte sie die Taschenlampen der anderen erkennen. Sie konnten also nicht weit vor ihr sein. Nur ein paar Sekunden später hatte Erika sie eingeholt.

Becker und die anderen standen am Ende eines kurzen Gangs. Keine hundert Meter führte er unter die felsige Erde. Auch hier befanden sich diese uralten Stützpfeiler. Aufgewirbelter Staub und Fledermausdreck hingen in der kalten und erstaunlich trockenen Luft, verdeckten zum Teil die Sicht auf das, was ihre Kollegen gefunden hatten.

»Was ist das?«, fragte Erika, während sie sich an Helber vorbeidrängte, um besser sehen zu können. Es dauerte keine zwei Sekunden, bis sie auch ihr ins Auge stachen – diese Steine! Sie schimmerten in diversen Grüntönen. Wie Weihnachtsbaumkugeln, wenn man sie anleuchtete. In unterschiedlicher Größe lugten sie am Ende des Tunnels aus dem felsigen Erdreich, konzentriert in einem Radius von etwa zwanzig

Zentimetern um den Größten herum. Drei kleine Exemplare lagen auf dem Boden.

Vorsichtig bewegte Kern sein Messgerät näher an die seltsamen Steine heran. »Wow!«, ließ er erneut verlauten. »Was für Werte!« Er drückte auf dem Gerät herum und staunte: »Keinerlei Radioaktivität. Keine für uns gefährliche Strahlung. Wie erwartet. Wir sollten eins dieser Dinger einpacken und mit ins Institut nehmen! Was die an Energie abstrahlen, ist der Wahnsinn!«

»Hm«, stimmte Becker ihm brummend zu. »Wir sollten trotzdem vorsichtig sein. Wir wissen nicht, um welche Art Energie es sich hier genau handelt. Lasst uns deshalb ein paar in die Spezialbehälter packen. Bitte aber nicht …« *direkt anfassen*, wollte er noch sagen, als er Erika sich bücken und einen aufheben sah. *Zu spät*, schoss es ihm durch den Kopf und er verdrehte genervt die Augen.

Schnell schälte Erika sich aus der warmen Jacke. Vor ein paar Minuten waren sie mit dem Helikopter im Institut angekommen. Den Behälter mit dem grünen Stein, den sie trotz Beckers Gemecker aufhob und einsteckte, hatte sie dem Laufburschen des Labors umgehend in die Hand gedrückt. Er wollte ihn sofort zu seinem Boss bringen.

Zu diesem Mann wollte sie nun auch. Sie musste es wissen! War es vielleicht doch eine Energiequelle? Wenn ja, hätte sie Becker gegenüber gepunktet. Dass ihr Ansehen deswegen steigen würde, bezweifelte sie aber. Seit ihrer Trennung verhielt er sich ihr gegenüber immer patziger. Es war sogar noch schlimmer geworden, seit der Nacht, die sie vor etwa vier Monaten miteinander verbracht hatten. Wie hatte dies auch passieren können? Und wie sollte sie Manuel nur erklären, dass diese Nacht ungeplante Folgen hatte? Sollte sie es ihm überhaupt sagen?

Grübelnd zog sie die Handschuhe aus. Sie wollte sie gerade in die Taschen der Jacke stecken, als ihr Blick auf ihre rechte Hand fiel. Erschrocken hielt sie mitten in der Bewegung inne.

Verdammt! Hatte sie mit dieser Hand nicht den Stein angefasst? Ohne eine weitere Sekunde nachzudenken, sprintete sie los in Richtung Labor. Wie lange hatte sie den Stein in der Hand gehalten? Zehn Sekunden? Wie lange war er schon im Labor? Noch keine zehn Minuten. Wenn sie aber ihre Hand ansah und daraus kombinierend folgerte, überkam sie eine dunkle Ahnung.

In der Hoffnung, sich – mal wieder, wie Becker sagen würde – geirrt zu haben, stolperte sie atemlos weiter.

»Verfolgt dich jemand?« Der Laufbursche – wie hieß er doch gleich? – sah sie verwundert an, als sie ins Labor stürmte.

»Wo ist der Behälter, den ich dir gegeben habe?«, fragte sie, ohne auf seine Worte einzugehen.

»Dort!« Er zeigte hinter sich zu den abgeschotteten Laborräumen.

Erika eilte an André – ach ja, so hieß er – vorbei und warf einen Blick durch die gläserne obere Hälfte der Tür.

Nein!

Professor Kampe lag mit dem Oberkörper auf dem Tisch. Seine vormals fast schwarzen Haare waren schneeweiß. Seine Hand war nicht mehr die eines etwa Vierzigjährigen. Sie wirkte alt. Uralt.

Der kleine Stein dagegen, der neben seiner Hand auf dem Tisch lag, schimmerte viel heller, intensiv grün, und er pulsierte sogar leicht.

Wie ferngesteuert wanderte ihr Blick hinab auf ihre eigene veränderte Hand. Sie sah aus wie die einer älteren Frau. Wenn dieser kleine Stein so eine Veränderung, durch einen Handschuh hindurch, innerhalb dieser kurzen Zeit bewirken konnte, was konnten die großen Exemplare erst anrichten?

2005

Die Region um den Stollen war zu einer verbotenen Zone erklärt worden. Abgeschirmt und gut bewacht vom Militär diverser Länder, sollte verhindert werden, dass irgendjemand das Gebiet noch einmal betreten konnte. Niemand sollte mehr einen Fuß in den Stollen setzen. Diese Dinger waren zu gefährlich. Obwohl noch immer unklar war, wer den Gang angelegt hatte und wann, konnte das Geheimnis der grün schimmernden Steine doch gelöst werden. Es waren keine Steine. Es waren Lebewesen. Lebewesen, die sich so langsam bewegten, dass es für einen Menschen mit bloßem Auge nicht sichtbar war. Ihr Lebensraum war unter der Erde. Doch auch sie mussten sich ernähren, um ihre Existenz zu sichern. Und ihre Nahrung bestand aus der Lebensenergie ihrer Opfer. Wieder satt schliefen sie über viele Jahre, bis sie erneut lockende Energie versendeten und ihr potenzielles Futter so auf sich aufmerksam machten.

Natürlich waren noch einige Exemplare der steinern erscheinenden Lebensform unter scharfen Sicherheitsvorkehrungen aus dem Stollen geholt worden. Es wurde auch viel damit experimentiert. Die Energie, die alleine die kleinen Tiere aussendeten, war immens. Nur ein paar mehr hätten die Versorgungsprobleme für lange Zeit lösen können. Doch die seltsam anmutenden Wesen mussten bekanntlich essen. So wurden aufgrund ethischer Bedenken jegliche Experimente eingestellt und die grünen Energietiere, die man seither *Green Death* nannte, sicher abgeschirmt hinter Schloss und Riegel des ebenfalls streng bewachten Instituts. Dass schon lange eines davon fehlte, wurde aber verschwiegen.

2008

»Mist, wir hätten das Handy mitnehmen sollen«, meckerte Lisa. Erst vor wenigen Wochen war sie mit ihrem Freund Tom in das kleine Dorf irgendwo in der tiefsten Provinz, wie sie gern sagte, gezogen. In der Stadt aufgewachsen, waren beide wenig vertraut mit der Verschlungenheit mancher Wälder oder Wegen, die im Nirgendwo enden konnten.

»Gib zu, wir haben uns verlaufen!« Mit einem Blick, der deutlich zeigte, dass es ihr im Wald nicht geheuer war, fixierte Lisa ihren Freund. Es gefiel ihr hier nicht. »Ich hab dir doch gesagt, dass wir den Weg nicht verlassen sollen. Wir kennen uns hier nicht aus. Jetzt stehen wir dumm da, wissen nicht, wo wir sind, wir haben nicht mal ein Handy.«

»Glaubst du tatsächlich, ein Handy würde hier was bringen?« Genervt erwiderte Tom ihren Blick und gab Lisa damit zu verstehen, dass er auch ohne ihr vorwurfsvolles Gerede genug Probleme hatte. »Zum Glück haben wir den alten Dackel zu Hause gelassen. Das wäre nichts für ihn gewesen. Den hätten wir längst tragen dürfen.«

»Jetzt lenk nicht ab!«, fuhr Lisa ihn an. »Gib lieber zu, dass du keine Ahnung hast, wo wir sind.«

Tom hatte wirklich keine Ahnung, wo sie sich befanden. Einzig die Tatsachen, dass diese Wälder nicht so groß waren, dass man nicht irgendwann wieder herauskam, wenn man nur geradeaus lief, und dass es noch früher Nachmittag war, gaben ihm die Hoffnung, dass sie sich nicht zu sehr verfranst haben konnten. »Lass uns einfach weitergehen.«

Erika stand in Silkes Wohnzimmer. Fest hielt sie ihre Freundin an sich gedrückt. Das Schluchzen, das ihren Körper immer wieder erzittern ließ, ging Erika durch Mark und Bein. Sie fühlte mit ihr. Mit der Frau, die in den letzten Wochen jede freie Minute im Krankenhaus am Bettchen ihrer vor etwa vier Monaten zur Welt gekommenen Tochter gesessen und dem nahenden Tod des Babys in die Augen sehen musste. Unfähig, irgendetwas dagegen zu tun.

»Das ist sehr selten, aber leider unheilbar«, hatte es geheißen. »Wir können nichts tun, so gerne wir auch helfen würden.« Ja, Ähnliches hatte man ihr damals auch erzählt. »Gegen den plötzlichen Kindstod sind wir noch immer machtlos«, wurde Erika gesagt. Damals, als David starb. Einfach so! Nur wenige Monate nach seiner Geburt, von der sein Erzeuger noch heute nichts wusste.

Immer wieder verfolgte sie dieser schreckliche Moment in ihren Albträumen. Der Moment, als sie ihn in seinem Bettchen gefunden hatte. Nicht mehr atmend. Regungslos. Kalt. Der Schock saß ihr noch immer im Nacken. Erika wusste also genau, wie es Silke gerade ging. Hatte sie doch in dieser Sekunde mit der unwiderruflichen Erkenntnis zu kämpfen, dass sie das Wertvollste in ihrem Leben verloren hatte. Ein Kampf, in dem jede Frau eine Niederlage verkraften musste.

Nur Erika nicht! Zumindest nur zum Teil. Vielleicht war ihr gerade deshalb klar geworden, dass sie keine Wahl hatte. Sie musste Silke helfen, auch wenn dies bedeutete, dass sie ihr größtes Geheimnis das erste Mal überhaupt mit einem anderen Menschen teilte.

»Silke«, begann sie entschlossen und schob ihre Freundin von sich. »Vertraust du mir?«, fragte sie, griff nach ihren Oberarmen und blickte ihr tief in die von den Tränen geröteten Augen. Dunkle Schatten umgaben sie, als ob sie seit Wochen nicht mehr geschlafen hätte. Sie fuhr erst fort, als sie ihre Freundin nicken sah. »Dann tu jetzt, was ich dir sage und stell keine Fragen. Ich erkläre dir alles später. Versprochen!« Sie runzelte die Stirn und wartete erneut auf Silkes Bestätigung, die auch prompt kam.

»Gut, dann lass uns deine Kleine aus der Leichenhalle schmuggeln.«

»Bist du verrückt?«, fragte Silke mit zitternder Stimme. »Warum? Was hast du vor?«

»Erinnerst du dich an David?« Erika ignorierte die Fragen. Wartete aber auch nicht ab, bis Silke antwortete. Natürlich erinnerte sie sich an David. »Was ich dir jetzt sage, weiß niemand bisher. Du bist die Erste und auch die Einzige, die das erfahren wird.« Sie nahm das Gesicht ihrer Freundin in beide Hände und flüsterte: »David lebt. Ich hab ihn nie verloren. Sein Sarg damals war leer.«

»Guck mal da vorne!« Tom zeigte mit einem Finger durch dicht stehende Büsche und hohe Fichten auf eine Lichtung, die von einem massiven Holzzaun umgeben war. Eine Hütte stand dort. »Wir müssen nur dem Weg folgen, den der Besitzer notgedrungen nehmen muss, wenn er hierhin und wieder zurück will. Problem gelöst. Komm!« Er grapschte nach Lisas Arm und zog sie mit sich auf eine schmale Lücke im Gestrüpp zu, das um den Zaun wucherte wie ein natürlicher Sichtschutz. Als sie näherkamen, erkannten sie, dass es hier ein gepflegtes Grundstück gab. In der Mitte war ein Tümpel, auf dem sich ein paar Enten treiben ließen. Sie flatterten aufgeschreckt davon, als sie die beiden kommen hörten.

»Lass uns mal reingehen!« Tom zog Lisa weiterhin einfach mit sich. Ließ ihr keine Chance zur Widerrede. »Es ist so heiß. Ich würde gerne meine Beine kurz da reinbaumeln lassen. So viel Zeit muss sein!«

Obgleich Lisa nicht begeistert wirkte, ließ sie sich mitziehen. Der schmale Steg lud wenigstens zum Hinsetzen ein. Und ein paar Minuten Pause konnten wahrlich nicht schaden.

»Erinnerst du dich an die Expedition in die Taiga vor einigen Jahren, von der ich dir erzählt habe?«, hörte Silke Erika fragen, die den Geländewagen gerade vom Parkplatz des Friedhofs lenkte.

»Die Mission, auf der du Manuel unterstellt warst?«, schluchzte sie mehr als sie ihr antwortete.

»Genau die meine ich«, vernahm sie Erikas Bestätigung, bevor sie ihren Blick auf sich ruhen sah, als wolle sie abschätzen, ob sie die folgende Geschichte überhaupt würde aufnehmen können. Eigentlich wollte sie sie gar nicht hören.

Warum hab ich das nur getan?, schoss es Silke immer und immer wieder durch den Kopf. Natürlich vertraute sie ihrer besten Freundin. Ja, sie vertraute ihr sogar blind. Immer hatte sie sich auf sie verlassen können. Nie hatte sie irgendetwas ausgeplaudert. Auch Silke hatte nie etwas anderen verraten von dem, was Erika ihr in all den Jahren anvertraute. Hätte sie es getan, hätte Erika nicht nur einmal den Job verlieren oder gar im Gefängnis landen können. Ja, sie vertraute ihrer Freundin! Doch was hatte sie jetzt geritten, dass sie ihr Baby aus dem winzigen Sarg in der Leichenhalle stahl, weil Erika … Noch immer konnte sie nicht glauben, was ihre Freundin ihr offenbart hatte. Sollte David wirklich noch leben? Das war unmöglich! Sie hätte den Jungen in letzten etwa fünf Jahren irgendwo sehen müssen. Wo war David, wenn er wirklich nicht tot war? Je länger Silke über Erikas Worte nachdachte, desto schlechter fühlte sie sich. Was hatte sie nur getan?

Euphorisch zog Tom Lisa hinter sich her. Auf dem Weg zur Einfahrt des Grundstücks erblickte er eine Lücke im Zaun und beschloss, diese Abkürzung zu nehmen. Da er seine Freundin schon wieder genervt tief einatmen hörte, ließ er sie los und lief die letzten Meter bis zum Steg ohne sie. Dort riss er sich die Schuhe und Strümpfe herunter, ließ sich auf den Steg nieder und versenkte die nackten Füße im kalten Nass. Das Wasser des Tümpels war glasklar. Ungehindert konnte er auf den zum Teil steinigen, zum Teil schlammigen Grund sehen. Diverse Wasserpflanzen umringten den kleinen Teich und spendeten auf diese Art kühlenden Schatten. Nach Fischen Ausschau haltend, ließ er seinen Blick durch das Wasser schweifen.

Erstaunt hob er die Augenbrauen, als er anstatt der erwarteten Goldfische eine Ente erblickte. Sie saß direkt neben einem der Pfeiler, die den Steg trugen, am Grund des rund einen Meter tiefen Tümpels. Da sie zum Teil mit Algen bewachsen war, wie er auf den zweiten Blick erkannte, schätzte er, dass das Plastikding vor einer ganzen Weile bereits untergegangen war. Dann glaubte er, seinen Augen nicht mehr zu trauen. War es die durch seine Beine in Bewegung gesetzte und sich leicht kräuselnde Oberfläche, die seine Sinne täuschte? Hatte er sich nur eingebildet, was er meinte, gesehen zu haben? Unmöglich, dass die Ente plötzlich den Kopf heben und ihn neugierig fixieren konnte.

»Das musst du dir ansehen.« Hektisch winkte Tom Lisa herbei, als die Ente sich langsam in Bewegung setzte und watschelnd ihren bisherigen Platz verließ. »Das glaubst du nicht! Da lebt eine Ente. Unter Wasser!« Ungläubig schüttelte er den Kopf. »Die muss ich mir unbedingt näher ansehen!«

Er kam nicht dazu, aufzustehen, um sich seiner Kleidung zu entledigen. Ein schockierter Aufschrei seiner Freundin hielt ihn davon ab.

Erika bog von der Hauptstraße ab und schlug die Richtung zu ihrem Waldgrundstück ein, von dem sie ihrer Freundin schon vor Jahren erzählt hatte.

Zwar hatte Silke in den letzten Minuten Erikas Stimme vernommen, aber nicht wirklich registriert, was sie sagte. Zu sehr war sie mit ihren eigenen Gedanken beschäftigt gewesen. Mit dem toten, in eine Decke gehüllten Mädchen in ihren Armen. Nicht nur ein Mal war sie nahe dran gewesen, Erika zum Umkehren zu bewegen.

Sie brachte kein Wort aus ihrem bebenden Mund. Konnte es sein, dass Erika wirklich eine Lösung kannte? Wusste sie, was sie da redete? Versuchte sie ihr tatsächlich zu sagen, dass David lebte?

In Silkes Kopf drehten sich Gedankenfetzen um einzelne Worte, die sie aufschnappen, aber beim besten Willen nicht sinnvoll zusammenfügen konnte. Was redete Erika da von diesen Energietierchen? Von *Green Death*? Natürlich wusste Silke, wovon Erika sprach. Sie hatte ihr von der Expedition erzählt und von den steinähnlichen Tieren, die *Green Death* genannt wurden, weil sie den Tod brachten und Erikas Hand für immer gezeichnet hatten. Was aber hatte das alles mit David zu tun?

»David lebt im Wasser des Tümpels, das eines der Energietierchen in Lebenswasser verwandelt hat. Und wenn du willst, dass deine Tochter auch wieder aufwacht, musst du sie zu David ins Wasser legen!«

Lisa schlug eine Hand vor den Mund. Erschrocken starrte sie in das klare Nass und versuchte, weitere entsetzte Aufschreie zu unterdrücken, während sie ihre aufgerissenen Augen nicht von dem im Wasser liegenden Kind, das erst ein paar Monate alt zu sein schien, lösen konnte. Auch Tom hielt seinen Blick geschockt auf das nackte Baby gerichtet, auf das Lisa mit zitterndem Finger deutete, als sie feststellte, dass das Kind, genau wie die Ente, tatsächlich am Leben war.

Wie war das möglich? Wie konnte es sein, dass der kleine Junge unter Wasser existierte? Dort am Grund des Tümpels! Wo er auf dem Rücken lag, von einer Seite durch Wasserpflanzen etwas geschützt, und eine Rassel in der kleinen Hand hielt, die, wie die Ente, zum Teil von Algen bewachsen war. Langsam schwenkte er sie hin und her, als ob er Spaß daran hätte, während sein kleines Gesicht sich zu einem erfreuten Lächeln verzog, von dem Tom glaubte, dass es ihm gelten sollte.

Obwohl erst vor Schreck erstarrt, zuckte er nun zurück und erhob sich. Als ob plötzlich irgendetwas hinter ihm her wäre, angelte er nach seinen Strümpfen und Schuhen, langte nach Lisa, die wie eine Säule da stand und ins Wasser glotzte, und zog sie einfach mit sich. Sie mussten weg. Schnell weg von hier.

Trotzdem registrierte er das Auto, das in dem Moment, in dem sie wieder durch den Zaun verschwanden, vor der geschlossenen Einfahrt anhielt. Eine Frau stieg aus, öffnete die Zufahrt und lenkte den Wagen dann Richtung Tümpel. Neugierig hielt Tom an, zog Lisa hinter das angrenzende Gebüsch und duckte sich, während er ihr bedeutete, still zu sein.

»Alles wird gut, glaub mir!« Erika öffnete die Beifahrertür und half Silke beim Aussteigen. Aufmunternd legte sie einen Arm um ihre Schultern.

Ihre Freundin registrierte dies kaum. Zu sehr war sie mit sich selbst beschäftigt. Als ob sie keinen eigenen Willen mehr hätte, ließ sie sich von Erika führen. Sie wirkte, als habe sie mit allem abgeschlossen. Als ob sie sich einfach fallen und gehen ließ. Ihr schien alles egal. Sie hatte ihr Liebstes verloren und machte sich furchtbare Vorwürfe, weil sie ihr totes Kind aus dem Sarg gestohlen hatte, nicht einmal genau wissend, was sie hier nun tun sollte oder ob Erika nicht vielleicht doch übergeschnappt war und sie nun in ihre eigene Fantasiewelt integrierte. Nichts war mehr wichtig.

So streifte es Silke auch nur beiläufig, als Erika sie an den Rand des Tümpels schob und ihr das verhüllte Kind aus dem Arm nahm.

Toms Mund stand offen. Perplex beobachtete er, wie die Frau einen Säugling aus der Decke wickelte. Er bewegte sich nicht. Leblos hing das Kind in ihren Armen. Der kleine Kopf baumelte hin und her, als sie versuchte, dem Baby den weißen Strampler auszuziehen. Die andere Frau stand nur da mit hängenden Schultern, die immer wieder zuckten, als ob sie leise vor sich hin schluchzen würde. Ihre Augen schienen starr auf das winzige Wesen gerichtet, das nun in Richtung Steg getragen wurde.

Was hatte die Frau mit dem Baby vor? Und wieso bewegte es sich nicht? War es tot? Wenn ja, wollten sie den kleinen Körper …

Toms Gedanken erstarrten, als er sah, wie die Frau sich auf

den Steg kniete und den schlaff in ihren Händen hängenden Säugling langsam ins Wasser sinken ließ. Wie weggeblasen waren die Bilder der lebenden Ente und des regen kleinen Kindes am Grund des Tümpels. Zu unglaublich waren sie. Zu unfassbar die dahinter versteckte Erkenntnis, die für Tom in jenen Sekunden nicht greifbar war. Sein Gehirn war schlicht überfordert. Lahm gelegt durch ein Erlebnis, das er für einen Albtraum hätte halten können, wenn er ihn nicht gerade wirklich durchleben würde.

»Was tun Sie da?« Lisas aufgebrachte Stimme riss ihn aus seiner Starre. »Sind Sie verrückt?« Er sah, wie Lisa aus ihrem Versteck sprang. Mehr aus Reflex wollte er nach ihr greifen, um sie aufzuhalten. Er war zu langsam. Konnte nur noch zusehen, wie seine Freundin zornig mit beiden Händen in der Luft herumfuchtelnd zu dem Steg rannte, bevor er ihr schnell folgte.

Erschrocken fuhr die ertappte Frau hoch. Verwirrt, als ob sie nicht damit gerechnet hätte, beobachtet zu werden, drehte sie sich zu den plötzlich auftauchenden Störenfrieden um.

»Was geht hier vor?«, schrie Lisa die Frau an. »Warum haben Sie das Kind ins Wasser geworfen?« Ihre Stimme überschlug sich beinahe. »Sind Sie wahnsinnig?« Auch Lisa schien in den letzten Minuten das zuvor Gesehene verdrängt zu haben. Reagierte nur mehr auf das, was sie gerade erlebte. Forsch schob sie die Frau auf dem Steg beiseite, sodass diese beinahe ins Wasser gefallen wäre, hätte Tom nicht geistesgegenwärtig nach ihr gelangt und sie festgehalten, und ließ sich an der Stelle nieder, an der das Kind ins Wasser geglitten war.

»Was ist das hier für ein Ort?«, fragte Lisa in einem Tonfall, der eine Mischung aus Fassungslosigkeit, Unglauben und der Forderung nach Aufklärung nach außen trug. Kopfschüttelnd starrte sie hinab in das sich leicht kräuselnde Wasser, öffnete den Mund, schloss ihn wieder und konnte nur noch zitternd vor Aufregung mit einem Finger auf das deuten, was dort unten vor sich ging, während sie mit der anderen Hand Tom zu sich winkte.

Was sie auf dem Grund des kleinen Tümpels erblickten, ließ sie erst recht an ihrem Verstand zweifeln. Es war ein Bild, das sie nie wieder vergessen würden. Das sich in ihr Gehirn einbrennen sollte. Für immer.

Es war unglaublich! Nicht nur, dass die mit Algen bewachsene Ente neugierig auf das nackte weibliche Baby zuwatschelte. Auch der kleine Junge hatte seine Rassel fallen lassen und krabbelte langsam auf den Neuankömmling zu. Ein Neuankömmling, der sich nicht bewegt hatte. Der definitiv tot war.

Er war es nicht. Oder nicht mehr?

Gähnend lag das Kleinkind auf dem Grund des Tümpels, drehte den Kopf blinzelnd hin und her, reckte plötzlich die winzigen Ärmchen und Beinchen in die Höhe und begann zu lächeln, während es die Fäustchen stetig auf und zu machte.

»Ihr müsst das für euch behalten!« Erikas Stimme klang eindringlich und flehend. »Niemand darf erfahren, was ihr eben gesehen habt. Bitte!« Vor wenigen Minuten hatte sie ihre Freundin und das junge Paar zum erklärenden Gespräch in ihre Hütte eingeladen. Hoffend, dass vor allem der unerwartete Besuch verstehen würde, was sie ihm offenbaren wollte, blickte sie nun auf ihre Hände, die nicht stillhalten konnten.

»Es würde alles zerstören. Alles!«, wiederholte sie. »Ich will meinen David nicht verlieren, versteht ihr das?« Sie hob den Kopf und suchte abwechselnd den Kontakt zu Tom und Lisa. »Würdet ihr nicht genauso handeln, wenn sich euch diese Möglichkeit offenbart hätte?«

»Möglichkeit?« Tom runzelte die Stirn. »Sie nennen das, was hier vor sich geht, *Möglichkeit*?« Er deutete flüchtig in Richtung Tümpel. »Ich würde das eher ein Wunder nennen. Das ist nicht normal. Kein Mensch kann unter Wasser leben. Oder gar im Wasser von den Toten auferstehen!« Seine Stimme wurde immer lauter. Sie klang, als ob er selbst nicht mehr wissen würde, ob er wachte oder träumte. »Das ist unmöglich! Was also ist hier los? Das ist doch irre!« Er fühlte sich, als ob er gleich überschnappen würde.

»Lasst es mich bitte erklären, dann werdet ihr verstehen.« Erikas Blick wanderte von dem aufgebrachten Tom zu seiner Freundin, der man die Verwirrung ebenfalls deutlich ansah, und zu Silke, die noch immer in Gedanken versunken vor sich hin schluchzte. Erika griff nach ihrer schlaff auf dem Tisch liegenden Hand und drückte sie aufmunternd, bevor sie begann, eine unglaubliche Geschichte zu erzählen: »Alles begann im Jahr 2003. Ich war als begleitende Ärztin ein Mitglied des Teams, das diese später *Green Death* genannten grünen Lebewesen entdeckt hat, die erst für Steine gehalten wurden. Ihr habt mit Sicherheit davon gehört oder gelesen.« Sie wartete das zustimmende Brummen und Nicken der Anwesenden ab. »Dann wisst ihr natürlich, wie alles ausgegangen ist. Die bisher unbekannten Tierchen entziehen anderen Lebewesen binnen weniger Minuten ihre gesamte Lebensenergie. Diese Energie hält sie selbst über viele Jahre hinweg am Leben und erlaubt es ihnen sogar, selbst wieder Energie zu produzieren, die ihr späteres Futter anlocken soll. Wir hätten diese ausgestrahlte Energie mit wahrlich kleinem Aufwand in Nutzenergie umwandeln können, wären da nicht die ethischen Bedenken gewesen, die das Projekt – mit Recht – stoppten.« Sie hielt kurz inne, bevor sie ihre um Jahre gealterte Hand in die Mitte des Tisches legte. »Ich habe am eigenen Leib miterlebt, was diese Biester anrichten können. Dabei hatte ich eins davon nur ganz kurz in der Hand. Seht selbst, was es mit ihr angerichtet hat.« Sie zog sie wieder vom Tisch und fuhr fort, bevor jemand das Wort ergreifen konnte. »Danach wurde natürlich mit äußerster Sorgfalt an *Green Death* geforscht. Ich durfte weiterhin bleiben und meine medizinischen Kenntnisse einbringen beziehungsweise die Ärztin des mittlerweile mächtig angewachsenen Forscherteams spielen. Außerdem wollten sie mich wohl im Auge behalten, weil sie rausgefunden hatten, dass ich schwanger war.« Sie zuckte mit den Schultern und schob die Unterlippe nach vorne. »Wahrscheinlich wollten sie auch verhindern, dass zu dem Zeitpunkt mehr nach außen dringen würde als geplant. Am Ende haben sie mich doch gehen lassen, als ich im achten Monat war. Mit allem Drum und Dran natürlich, was Schweigepflicht und alles andere betraf. Dass man in meiner Position mehr mitbekam, als denen gefiel, könnt ihr euch sicher vorstellen. Was ich aber selbst durch einen dummen Zufall herausgefunden habe, weiß bis heute niemand. Niemand außer euch, denn ihr habt mein Geheimnis entdeckt.« Erika ließ ihren Blick erneut von einem zum anderen wandern. Anders als vor wenigen Minuten noch, hatte sie aber nun die Aufmerksamkeit aller am Tisch. »Dass ich –

neugierig, spontan und unüberlegt, wie ich manchmal handle – immer mal wieder selbst mit einem Exemplar experimentiert habe, wenn mich einer der Forscher, mit dem ich mich gut verstand, ließ, hatte einen eigennützigen Hintergrund. Details erspare ich euch. Es reicht, wenn ihr wisst, dass ich unbedingt eins haben wollte. Und der erwähnte Zufall hat es mir möglich gemacht, eines davon rauszuschmuggeln, noch bevor ich entlassen wurde. In Kurzfassung: Als ich eines dieser Tierchen abends mal wieder heimlich in meine dortige Praxis gebracht hatte, ist es mir ins gefüllte Waschbecken gefallen. Als ich es herausfischen wollte, hörte ich aufgeregte Stimmen. Man hatte wohl bemerkt, dass ein Exemplar fehlte. Leutnant Becker – übrigens mein Exfreund und Davids Erzeuger – kam an diesem Abend dummerweise noch einmal zurück und bemerkte es. Der hat natürlich sofort alles in Bewegung gesetzt, um das Energietierchen aufzuspüren. Mit Messgeräten liefen daher einige Leute durch das Institut, um es zu finden. Sie waren auch in meiner Praxis, haben die Energiesignatur aber nicht empfangen können. Dass ich in jenem Moment eins und eins zusammenzählte, könnt ihr euch denken. Wasser schirmt die Energie, die sie aussenden, also irgendwie ab. So habe ich es in meiner Thermokanne an jenem Abend noch aus dem Institut gestohlen. Becker hat wochenlang wie ein Irrer danach gesucht, ist aber nie fündig geworden, obwohl mein damaliger Forscherfreund am Ende gepetzt hat, dass ich ab und an mit den Tieren gearbeitet habe. Man hat mich daraufhin regelrecht in die Mangel genommen. Da die Geräte damals aber nichts empfingen, war ich auch schnell wieder aus dem Schneider. Gut für mich natürlich, weil ich in der Zwischenzeit noch mehr herausgefunden hatte.« Erika deutete durch die offene Tür der Hütte auf den zum Teil eingewachsenen Tümpel. »Nachdem ich das Tierchen draußen hatte, bin ich hierher gefahren und habe es im Teich versenkt. Nur nebenher habe ich damals registriert, dass eine tote Ente im Wasser trieb.«

»Sie meinen jetzt nicht die Ente, die dort unter Wasser lebt?«, fragte Tom und deutete ebenfalls in Richtung Tümpel.

»Genau die meine ich«, bestätigte Erika. »Ich habe keine Ahnung, wie das möglich ist. Ich weiß nicht, warum und wieso. Aber es ist so. Und es hat auch bei David funktioniert. Sie brauchen keine Luft mehr zum Atmen, aber sie leben wieder, obwohl sie definitiv tot waren. Sie altern nicht, doch sie haben ab und zu etwas Hunger. Dafür kann man sie sogar für einige Minuten aus dem Wasser nehmen.«

»Kann man?« Silkes Stimme drang nur leise aus ihrem Mund, doch transportierte die Frage eine Hoffnung, die nicht zu überhören war. Zwar starrte sie noch immer vor sich hin, doch zeigte sich plötzlich ein Lächeln um ihre Mundwinkel. Ein Lächeln, das nicht nur immense Freude ausstrahlte, sondern auch Dankbarkeit.

2009

Tom und Lisa saßen auf dem Steg und ließen die Beine ins kühle Nass baumeln.

»Guck mal, die mögen sich!« Lächelnd stieß Lisa Tom mit dem Ellenbogen an und deutete ins Wasser.

»Sieht ganz so aus«, stimmte Tom ihr zu und langte nach ihrer Handtasche. »Hast du das Futter dabei?«

»Klar.« Lisa ließ ihn gewähren, während sie sich weiter

nach vorne beugte, um besser sehen zu können.

Knapp ein Jahr war es nun her, seit sie diesen Ort entdeckt und Bekanntschaft mit Erika gemacht hatten, die sie in ihr großes Geheimnis eingeweiht hatte. Eine Bekanntschaft, die sie heute als schicksalhaft bezeichneten, weil sie ihnen die Chance offenbart hatte, ihren geliebten Dackel nach seinem Tod wieder aufleben zu lassen. Seit etwa drei Wochen lebte er zusammen mit den beiden Kleinkindern und der Ente auf dem Grund des kleinen Tümpels und sorgte dort für Unterhaltung. Vor allem mit der Ente schien er sich gut zu verstehen.

»Was würde wohl geschehen, wenn diese Wirkung publik würde?«, fragte Tom, während er ein paar Brocken des Hundetrockenfutters ins Wasser warf.

»Das darf nie geschehen!« Lisa schüttelte energisch den Kopf. »Nicht auszudenken, wenn rauskommt, dass die Energie der Tierchen im Wasser Tote zum Leben erweckt. Stell dir vor, wenn jeder einen geliebten Verstorbenen am Leben erhalten wollen würde. Egal, ob Haustier oder Mensch. Die Folgen wären katastrophal. Jeder würde so ein Energietierchen haben wollen, deren Anzahl bestimmt auch begrenzt ist. Heißt, die Preise dafür würden in die Höhe schnellen. Der Schwarzmarkt würde immens zu blühen beginnen. Die Rate der Beschaffungskriminalität würde Ausmaße annehmen, die einem Kleinkrieg nahekäme. Außerdem würden die Gewässer im Laufe der Zeit voll sein mit lebenden Toten. Die Auswirkungen auf die Umwelt wären garantiert ebenfalls alles andere als ideal.«

»Von all dem abgesehen möchte ich nicht wissen, was geschieht, wenn die Energie irgendwann nachlassen sollte. Du weißt, die Tierchen müssen essen.«

»Daran will ich gar nicht denken!« Lisa verzog das Gesicht ob der Erinnerung an Erikas Hand. »Ich wette mit dir, dass viele Menschen andere Menschen an die Tierchen verfüttern würden, nur um das zu erhalten, was sie verloren haben.«

»Ganz bestimmt!«, nickte Tom. »Und was machen wir, wenn unser Ministeinchen hier hungrig wird?«

Die Totensammler

Nachdenklich und mit schmerzverzerrtem Gesicht stand Susanne am Fenster ihres Krankenzimmers im ersten Stock. Ein Autounfall hatte sie vor zwei Wochen ins Hospital befördert. Trotz starker Medikamente tat ihr Kopf sehr weh. Die wieder hochkommenden Bilder des sich überraschend nahenden Autos schienen den Schmerz noch zu verstärken. Schnell schloss sie die Lider, um die schreckliche Erinnerung auszublenden. Sie schaffte es nicht. Vor ihrem inneren Auge sah sie diesen dunklen Wagen! Unerwartet schoss er hinter einem Lastkraftwagen hervor. An einer unübersichtlichen Stelle, an der das Überholen verboten war.

Erschrocken war sie hart auf die Bremse getreten. Noch immer hallte das Quietschen der Reifen in ihren Ohren, und sie meinte, verbranntes Gummi zu riechen, glaubte, den heftigen Ruck des Aufpralls zu spüren und wahrzunehmen, wie sich Blech ineinanderschob. Bevor da nichts mehr war. Nichts! Bis sie im Krankenhaus zu sich gekommen war.

Körperlich nur leicht verletzt, doch mit dem Verlust des Gedächtnisses, was die Zeit vor dem Unfall betraf. Die Ärzte versicherten ihr zwar, dass alles wieder in Ordnung kommen würde, doch Susanne wollte dies noch nicht glauben.

»Verdammt!« Laut seufzte sie auf, während sie den Blick über den Krankenhauspark schweifen ließ. Was dort unten vor sich ging, nahm sie nicht wahr. Schon wieder drängte sich das Bild des schwarzen Autos in den Vordergrund. Als ob es alles andere übertönen wollte.

Alles? Nicht alles!

Plötzlich war da die verärgert klingende Stimme eines Mannes. Energisch rief er nach jemandem.
»Cert!«
Da, schon wieder!
»Was treibst du da? Lass das, wir haben keine Zeit zum Spielen!«
Susanne entdeckte Cert, noch bevor die Stimme erneut nach ihm rufen konnte.
»Blöder Geier! Bist 'ne Plage!«
Perplex starrte sie hinunter in den Krankenhauspark. Sie konnte nicht glauben, was sie dort sah. Ein großer Gänsegeier kreiste direkt über den Köpfen einiger Patienten. Doch nicht der Vogel selbst verdutzte sie in diesem Augenblick. Etwas anderes stimmte sie skeptisch. Es brachte sie dazu, an ihrem Verstand zu zweifeln. Die Menschen dort unten! Sie bemerkten das große Tier überhaupt nicht. Als ob es nicht da wäre, gingen sie weiter dem nach, was sie die ganze Zeit über getan hatten.
»Die müssen den doch sehen!«, murmelte Susanne. Ungläubig schüttelte sie den noch immer schmerzenden Kopf, den sie jedoch sofort vergaß, als sie sah, wer nach dem Geier gerufen hatte.
»Nervensäge!«, hörte sie die Stimme meckern, die sie nun auch einem Körper zuordnen konnte, der ganz und gar nicht dem entsprach, was sie zu sehen erwartet hatte. Mit langen Schritten schlängelte er sich durch die im Park anwesenden Patienten, ohne dass diese auch nur die geringste Notiz von ihm nahmen.
Unmöglich! So ein Wesen musste auffallen! Es konnte nicht sein, dass die Leute dort unten den Engel in dem dunk-

len Gewand nicht bemerkten. Alle Blicke hätten sich auf ihn richten müssen. Vor allem auf die schwarzen, seine schlanke Gestalt überragenden Flügel. Aber niemand außer ihr schien ihn wahrzunehmen. Oder den Geier, der auf dem frisch gemähten Rasen landete und gezielt, aber ungeschickt auf etwas zu hüpfte, das er wohl gesucht hatte.

»Brav, Cert!«, lobte das dunkel gekleidete Wesen mit den langen Haaren das Tier. »Du bist ja doch ab und an noch zu etwas zu gebrauchen, du faule Socke.« Kopfschüttelnd trat der Engel auf den Geier zu und ließ sich neben ihm in die Hocke sinken. Die Flügel hob er dabei etwas an, spreizte aber nur einen seitlich so weit ab, dass die Federn den Boden nicht berührten.

Susanne erkannte sofort, warum er nur einen bewegte. Der linke Flügel war deformiert und um einiges kürzer. Als ob unten ein Stück fehlen würde. Auch das Gelenk, das den Flügel knickte, war nicht vorhanden. Es war einfach nicht da. Als ob ein Monster hineingebissen und einen Teil herausgerissen hätte.

Starrte sie in den folgenden Sekunden erschrocken auf diese Verletzung, vergaß sie sie sofort, als sie erkannte, was diese seltsame Figur tat. Brachte die Tatsache, dass weder der Geier noch der dunkle Engel von den Anwesenden im Park bemerkt wurden, sie bereits an den Rand ihres Verstandes, überschritt das, was dort gerade vor sich ging, diese Grenze in ihrem Kopf.

Diese Bilder waren grotesk.

Konnte es sein, dass das erlittene Trauma dafür verantwortlich war? Sah sie Dinge, die gar nicht da waren?

Nein! Die Bilder des Geiers und des Engels wirkten viel

zu real. Zu detailreich. Das war kein in ihrem Gehirn entstandener Gedanke, den sie – auf welche Art auch immer – in den Park projizierte. Außerdem konnte das, was er dort unten tat, nicht einmal einem stark gebeutelten Gehirn oder einer kranken Fantasie entspringen.

»Hallo Frau Weber!«
Eine hohe Stimme riss sie unsanft aus ihren Gedanken. Als ob sie bei etwas Verbotenem ertappt worden wäre, drehte sie sich abrupt vom Fenster weg. Sie hatte nicht mitbekommen, dass es an ihrer Tür geklopft hatte und die behandelnde Ärztin hereingekommen war.

»Tut mir leid, wenn ich Sie erschreckt habe«, sagte die junge Medizinerin und trat auf Susanne zu. »Wie geht es Ihnen?«

»Ganz gut!«, log Susanne. Vorsichtig warf sie einen letzten Blick in den Park, bevor sie sich vom Fenster abwandte, sich auf ihr Bett fallen ließ und die Aussage korrigierte: »Na ja, die Kopfschmerzen plagen mich immer wieder.«

»Das wird leider noch eine Weile so sein«, bedauerte die nett lächelnde Blondine. »Die Medikamente helfen aber hoffentlich.« Sie setzte sich zu Susanne auf das Bett. »Irgendwelche anderen Probleme?«

»Nein!«, winkte diese schnell ab.

Etwas zu schnell für den Geschmack der Medizinerin. »Sicher?«, fragte sie mit hochgezogenen Augenbrauen.

»Ja!«, bestätigte Susanne. Das Letzte, was sie wollte, war, das eben Gesehene jemandem anzuvertrauen. Nicht einmal einer Ärztin. Es war zu verrückt. Vielleicht war alles auch nur der Müdigkeit zuzuschreiben, die Susanne schon am Fenster verspürt hatte und die sie jetzt umso intensiver befiel.

»Wirklich?« Die Ärztin suchte den Blickkontakt zu der ebenfalls blonden Patientin, die etwa in ihrem Alter war, aber, anders als sie selbst, nicht aus der Gegend stammte. »Sie wirken, als ob …«

»Nein!« Demonstrativ schüttelte Susanne den Kopf. »Alles okay, soweit es dies sein kann«, grinste sie. Es sah gezwungen aus. »Ich muss mit so vielen Dingen klarkommen, an die ich mich nicht erinnern kann.« Nach Worten ringend fuchtelte sie mit den Händen über ihrem Kopf herum. »Es ist alles weg. Einfach weg. Ich hätte nicht einmal gewusst, wie ich heiße oder dass ich verheiratet bin, wenn der Ausweis es mir nicht verraten hätte.«

»Machen Sie sich keine Sorgen!« Die Ärztin griff nach ihren Armen, um die immer unkontrollierter herumwirbelnden Gliedmaßen zur Ruhe zu bringen. »Die Erinnerung wird zurückkommen. Ihr Mann kann Ihnen sicherlich dabei helfen.« Sie ließ sie los und erhob sich wieder. »Wenn noch was sein sollte, wissen Sie ja, wie Sie jemanden erreichen.«

»Danke! Ich werde erst einmal schlafen. Ich bin müde. Vielleicht vergehen dann auch die Kopfschmerzen.« Sie zog die Decke über sich, während die Frau im weißen Kittel das Zimmer verließ. Susanne erwiderte ihren stummen Gruß zum Abschied, bevor sie sich sanft auf das dicke Kissen bettete.

Abschalten! Kurz die Augen schließen und ein paar Minuten ausruhen! Nicht mehr an den Unfall denken! Nicht mehr an den Ehemann, der ihr ein Unbekannter war. Oder an seine Worte über ihre längst nicht mehr existierende Familie. Über die Verwandtschaft, die seit ihrer Hochzeit nichts mehr mit Susanne zu tun haben wollte. Nicht mehr an die Freunde, die sie wohl nicht hatte. Und vor allem nicht an das, was sie unten im Park zu sehen geglaubt hatte.

Trotzdem ließ es sie nicht los. Kaum hatte sie die Augen geschlossen, strömten die Bilder auf sie zu wie ein Traum, den sie nicht steuern konnte. Als ob sich ihr Gehirn im Zustand des Einschlafens selbstständig machen würde, zeigte es ihrem inneren Auge eine einzelne Szene in steter Wiederholung. Immer wieder sah sie den Engel etwas vom Rasen des Parks aufheben. Und immer wieder musste sie ungläubig erkennen, dass dieses Etwas die Form eines kleinen Tieres hatte. Einer Maus. Es war aber nicht der Körper, den Susanne auf der Handfläche des Engels gesehen hatte, sondern etwas anderes. Etwas, das schwach leuchtete.

»Die Seele!«, flüsterte Susanne im Halbschlaf. Sie ahnte nicht, wie recht sie damit haben sollte.

Schon früh saß Susanne am nächsten Tag im Krankenhauspark auf einer Bank und genoss, wie die wenigen anderen Patienten dort denken sollten, die wärmenden Sonnenstrahlen. Ein Buch, das aufgeschlagen auf ihren Oberschenkeln lag, diente der Tarnung. Zwar blätterte sie regelmäßig eine Seite um, hatte jedoch keine Ahnung, worum es in diesem Roman ging. Ihr Plan an diesem Morgen war, auf den dunklen Engel und seinen Geier zu warten.

Er würde kommen. Susanne war sich sicher. Wenn sie recht hatte! Wenn ihre Erinnerung sie in diesem Fall nicht im Stich ließ! Wenn das, was sie gesehen hatte, wirklich passiert war! Dann würden die beiden wiederkommen. Der Engel mit dem deformierten Flügel und der Geier.

Warum aber sah nur sie diese Gestalten? Warum sah sie sie

überhaupt? Die Fragen hallten in ihrem Kopf wie ein Echo, das nicht leiser werden wollte. Lag es an der Gehirnerschütterung, dass sie plötzlich Dinge sah, die andere nicht wahrnahmen? Hatte sie Halluzinationen? Konnte es sein, dass ein angeschlagenes Gehirn tatsächlich solche Bilder projizierte?

Alles sprach dafür, dass ihr durchgeschüttelter Kopf ihr diese Szenen nur vorgaukelte. Waren es aber wirklich nur Trugbilder? Hervorgerufen durch den Unfall? Die Details schienen dagegenzusprechen. Eine trügerische Fantasie, die einen derart demolierten Flügel hervorzauberte, war ihr zu konkret.

Was war dran an diesen Bildern, die sie die ganze Nacht im Traum verfolgt hatten? Sie musste es wissen! Existierte das geflügelte Wesen wahrhaftig? Gab es den Geier? In einer anderen Dimension vielleicht? Wenn ja, wieso konnte sie dann keine anderen Gestalten von dort erkennen?

Verstohlen wanderte Susannes Blick an den Rand eines Blumenbeets neben der Bank. Ein kleiner, noch fast nackter Vogel lag dort. Er war tot. Sie hatte ihn heute Morgen unter einem der Bäume im Park gefunden. Der Kleine war während der stürmischen Nacht aus dem Nest gefallen und hatte den Sturz nicht überlebt. Vorsichtig hatte sie ihn aufgehoben, hierher getragen und zwischen die Blumen gebettet. Wenn ihre Vermutung richtig war, ihre Augen und ihr Verstand ihr keinen Streich spielten, würde das seltsame Paar kommen und die Seele dieses Tieres mitnehmen.

In Gedanken versunken blätterte Susanne eine Seite im Buch weiter. Noch bevor diese umgefallen war, ließ sich etwas Großes direkt neben ihr nieder. Fast hätte sie erschrocken aufgeschrien. Im letzten Moment konnte sie sich zusammenreißen. Um sicherzugehen, dass es niemand bemerkt hatte, ließ sie den Blick in alle Richtungen schweifen und klappte dann, wie automatisiert, das Buch zu. Beinahe hätte sie es fallen lassen, als sie feststellte, dass der Geier sich in ihre Richtung drehte. Mit zur Seite geneigtem Kopf schien er sie zu betrachten. Nein, der Vogel fixierte sie regelrecht.

»Lass das, Cert! Die Menschen spielen nicht mit dir. Begreif es endlich! Sie können uns nicht …« *sehen*, wollte der Engel noch sagen, der ebenso plötzlich erschienen war wie der Geier. Er verschluckte nicht nur das Ende des Satzes, er stockte inmitten seiner Bewegung, als die junge Frau auf der Bank sich herumdrehte und ihm direkt in die dunklen Augen sah.

Susanne konnte nicht sagen, was genau danach passierte. Alles ging furchtbar schnell. Sie erinnerte sich nur noch daran, dass der Engel erschrocken den Geier zu sich gerufen und sich binnen weniger Sekunden aus dem Staub gemacht hatte. Nicht schnell genug! Susanne konnte erkennen, in welche Richtung die beiden verschwanden. Cert flog hoch genug, damit sie die Verfolgung aufnehmen konnte.

So schnell sie konnte, rannte sie quer durch den zum Glück noch ziemlich leeren Krankenhauspark und nahm den Zaun, der das Grundstück umgrenzte, mit einer Leichtigkeit, die sie selbst überraschte.

Hatte das jemand gesehen? Hastig drehte sie sich im Laufen um. Im Park war alles ruhig. Gut, weiter! Sie musste dranbleiben. Durfte den Vogel nicht aus den Augen verlieren!

Bald stolperte sie mehr als sie über den frisch eingesäten Maisacker rannte, der direkt an das Krankenhausgrundstück grenzte. Nur pures Glück verschonte sie vor einem schmerzhaften Sturz.

»Verdammt!«, fluchte sie, als das Waldstück hinter dem Acker nicht nur alles Tageslicht zu verschlucken drohte, sondern auch den Geier. Nach Atem ringend blieb Susanne stehen. Konzentriert versuchte sie, die Stelle auszumachen, wo der Vogel gerade zwischen den Baumwipfeln verschwand. Einen markanten Punkt dort fixierend, rannte sie weiter. Sie musste diesen dunklen Engel einholen! Er war keine Projektion ihres angeschlagenen Gehirns. Keine Halluzination! Die Reaktion des schwarzen Wesens war zu überrascht, zu geschockt und einfach zu echt gewesen, um ihrer Fantasie entsprungen zu sein. Die Gestalt war real, auch wenn andere sie nicht sehen konnten. Warum, war ihr in diesen Sekunden egal.

Als sie die Stelle erreichte, wo der Geier verschwunden war, verlangsamte sie ihren Schritt und blieb stehen. Außer Atem stützte sie ihre Hände auf die Knie. Aufmerksam suchend drehte sie sich in alle Richtungen, bevor sie noch ein Stück weiter in das Waldstück hineinging. Erst jetzt fiel ihr auf, dass es sehr alt sein musste. Stolz streckten die großen Eichen ihre kräftigen, knorrigen, zum Teil bereits morschen Äste dem Himmel entgegen – hin zu einem Licht, das kaum durch das dichte Blätterdach auf den vermoosten Boden strahlte. Wo die Sonne nicht vermochte durchzudringen, war es stockfinster. Nebel waberte über dem sonst überall saftigen Grün, das ihre Schritte dämpfte, als ob der Wald Schweigen gebieten würde.

Gänsehaut breitete sich auf Susannes Körper aus, als sie feststellte, dass es totenstill um sie herum war. Beinahe so, als ob sie in eine andere, düster und bedrohlich wirkende Welt eingetaucht wäre. Eine Welt, die den Atem anhielt, seit sie sie betreten hatte. Sie, der Störenfried, der hier nichts verloren hatte. Der in die Umgebung jenseits der Waldgrenze gehörte.

Susanne wusste nicht, warum sie das Gefühl hatte, hier nicht willkommen zu sein. Weil alles so still war? Weil kaum ein Sonnenstrahl die Finsternis verdrängen konnte? Weil die düstere Atmosphäre ihr aufs Gemüt drückte? Ihr sogar Angst einjagte? Oder, weil sie etwas im Rücken spürte, das sich wie beobachtende Augen anfühlte?

Erschrocken fuhr sie herum!

Im gleichen Moment war ihr, als ob sich in ihrem Kopf zwei Bilder überlagern würden. Das, was ihre Augen lieferten, und ein Bild, das nicht von hier stammte, aber diesem in gewisser Weise ähnelte. Die alten Bäume! Der moosige Boden! Die Finsternis! Sogar der in nur wenigen Metern Entfernung über dem Grund schwebende Nebel! Und doch war es nicht dieser Wald gewesen. Hier gab es vor allem Eichen. Das andere Bild hatte vorwiegend Kiefern und Fichten gezeigt.

War es möglich, dass sich hier ein Erinnerungsfetzen aus den Tiefen ihres Gehirns an die Oberfläche grub? Ausgelöst durch einen Anblick, der große Ähnlichkeit mit einem Bild hatte, das sie aus der Vergangenheit kannte? Stammte dieses Bild aber wirklich aus ihrer Erinnerung?

Susanne schloss die Augen, um sich zu konzentrieren. Sie musste diese mögliche Erinnerung noch einmal hervorholen. Irgendwie! Es wollte ihr nicht gelingen, bis sie resignierend die feuchtwarme Luft, die nach Moos und altem Holz roch, einsog. Der Geruch schien eine weitere Erinnerung hervorzuholen. Kein Bild zwar, doch ein Gefühl des Kennens. Als ob sie schon einmal hier gewesen wäre.

Hier? Nicht hier, aber in einem ähnlich alten, dunklen Wald. Und noch etwas bewirkte der Duft, der ihr immer intensiver in die Nase stieg, je näher sie dem kleinen Nebelfeld kam. Warum es sie gerade dort hinzog, konnte sie nicht sagen. Auch nicht, weshalb sie plötzlich zu wissen glaubte, dass der Geruch modriger werden würde und was sie in dem düsteren Winkel hinter den wabernden Schwaden zu sehen erwartete. Noch war das Bild, das sich in ihrem Kopf formte, undeutlich, doch meinte sie, ein verfallenes Gebäude zu erkennen. Überwuchert von Efeu und diversem Schlingkraut. Und sie sah noch etwas, das sie nicht deutlich genug ausmachen konnte, das in ihr aber ein unerklärliches Gefühl der Traurigkeit hervorrief.

Neugierig geworden, und übermannt von sich zum Teil widersprechenden und verwirrenden Gefühlen, durchschritt sie den Bodennebel. Finsternis umhüllte sie sofort. Eine Dunkelheit, die wenige Meter weiter schon wieder zu zerreißen begann. Nur spärlich erhellten einzelne Sonnenstrahlen die Szenerie. Das Licht genügte, um Susanne sehen zu lassen, was auf der kleinen Lichtung, die sich dort auftat, versteckt war.

Die Gebilde waren zwar fast völlig mit Moos bedeckt und von Gestrüpp überwuchert, doch erkannte sie die steinernen Überreste eines kleinen Gebäudes und die Statue daneben sofort. Im ersten Moment wirkte dieser Ort, der als perfekte Kulisse für einen Mystery-Streifen hätte dienen können, grotesk. Es fehlten nur der Vollmond, das Herumschwirren der Fledermäuse und die Rufe der Nachtvögel. Sowohl das

Gebäude als auch die Statue schienen uralt. Während das ehemals einfache Haus nur mehr eine Ruine war, wirkte die Steinfigur, als ob die Zeit weniger an ihr genagt hätte.

Schaudernd ob des gruseligen Anblicks schlang Susanne die Arme um den Oberkörper und trat zaghaft näher an die Statue heran, die nur auf den ersten Blick noch besser erhalten wirkte als das Gebäude. Als sie die Skulptur genauer betrachtete, sprang ihr der steinerne Vogel auf dem angewinkelten Arm der Figur mit den gewaltigen Schwingen entgegen. Es war ein Geier!

Überrascht stolperte Susanne einen Schritt zurück. War das nur ein Zufall? Ganz bestimmt nicht!

Ein weiteres markantes Detail an der Statue bestätigte ihr, dass sie sich die Szenen im Krankenhauspark nicht eingebildet hatte. Der Flügel! Der linke Flügel des langhaarigen Engels, dessen steinerne Miene von Efeuranken verdeckt wurde, war beschädigt. Genau an den Stellen, an denen sie die Verletzungen ausgemacht hatte. Der untere Teil der gewaltigen Schwinge war weggebrochen. Vielleicht ein Opfer der Zeit. Der Schaden am Flügelgelenk dagegen war keine Folge natürlichen Verschleißens. Hier fehlte ein Stück. Definitiv ein Gewaltschaden. Woher er rührte, konnte Susanne nur vermuten. Der Anblick bewies ihr aber, dass sie nicht verrückt war. Unmöglich, dass dies nur ihrer Fantasie entsprungen sein sollte. Die Statue war der Beweis! Sie war ihr Zeuge!

Und sie bewirkte noch mehr!

In dem Moment, in dem Susanne realisierte, was sie vor sich sah; in der Sekunde, in der sie zu kombinieren begann; in dem Augenblick, in dem sie erkannte, dass sie tatsächlich einen Totensammler gesehen hatte, kam die Erinnerung schlagartig zurück.

Der Totensammler!

So hatte der kleine Junge die Statue immer genannt. Die Statue, die dieser steinernen Figur immens ähnelte. Sie stand im Wald nahe ihrem Geburtsort. In einem Teil, der ebenso düster, geheimnisvoll und mysteriös wirkte wie dieser hier. Ebenso alt. Ein winziges Rinnsal durchzog die Lichtung, auf der neben einem verfallenen Gebäude, das besser erhalten war als dieses, eine Statue stand. Sie war nahezu grün von Moos. Ein Bäumchen hatte seine Äste um die Figur geschlungen, die mit gesenktem Kopf und hängenden Haaren auf ein Tier zu ihren Füßen blickte. Es war aber kein Geier, sondern ein Marder. Er saß zu Füßen der Figur und schaute nach oben.

Susanne erinnerte sich an jedes Detail der Statue, die um einiges besser erhalten war als dieses Exemplar. Und sie entsann sich haargenau des kleinen Jungen, der ihr vom Totensammler erzählt hatte.

Vor etwa fünfzehn Jahren

»Was machst du denn allein hier im Wald?« Susanne beugte sich zu dem knapp zehnjährigen Burschen mit den wirren roten Haaren und den winzigen Sommersprossen hinunter. »Sind deine Eltern auch irgendwo?« Sie zog den Hund des Nachbarn, mit dem sie oft spazieren ging, zu sich heran. Er witterte etwas, das der Junge in den Händen hielt, vor ihr aber zu verbergen versuchte.

»Nein, die sind auf der Arbeit«, antwortete er.

»Das ist aber nicht gut!« Susanne hob eine Augenbraue. »Du kannst nicht einfach alleine in den Wald gehen. Du könntest dich verlaufen. Du könntest von einem Tier angefallen werden. Du könntest …«

»Mir passiert schon nix. Machen Sie sich keine Sorgen. Ich will nur etwas abgeben.« Als ob er sich verplappert und zu viel verraten hätte, verzog er das Gesicht. Wie beiläufig versuchte er, das in seiner Hand Verborgene unter seinem schmutzigen T-Shirt zu verstecken. Das machte Susanne sowohl stutzig als auch neugierig.

»Was hast du da? Darf ich mal sehen?« Sie deutete auf die Beule unter seinem Shirt. »Ist das ein Geschenk? Wo willst du das abgeben? Hier wohnt doch niemand.«

»Nein, aber meine Familie hat dort hinten ein Grundstück, und da gibt es einen Friedhof für unsere verstorbenen Haustiere. Meine Katze liegt da begraben. Sie ist letztes Jahr von einem Auto überfahren worden.«

»Das tut mir leid für dich! Ich weiß, wie es ist, wenn ein Haustier, das man lieb hat, plötzlich tot ist.«

»Ist schon gut«, sagte der Junge. »Ich weiß, dass es ihr gut geht, wo sie jetzt ist. Der Totensammler hat sie mitgenommen. Ich habe es gesehen. Und er hat mir versprochen, dass …« Er stockte erschrocken, biss sich auf die bleichen Lippen und versuchte dann, sich schnell an Susanne vorbeizudrängen.

Etwas zu schnell!

»Moment!« Susanne griff nach seinen Oberarmen, um ihn aufzuhalten. »Was ist ein Totensammler? Und …« Sie brach ab, als der Hund, dessen Leine sie unbeabsichtigt locker gelassen hatte, den Bub ansprang. Erschrocken zog sie ihn zurück und konnte den Jungen gerade noch festhalten. In diesem Moment ließ er fallen, was er unter seinem T-Shirt vor ihr versteckte. Es war ein kleiner Frosch. Kaum größer als ihr Daumen. Er atmete nicht mehr. Leblos lag er auf dem von vielen Traktoren und anderen Fahrzeugen festgefahrenen Boden des Waldwegs.

Noch während Susanne mit dem Hund kämpfte, der mit

aller Gewalt in die Richtung des toten Tieres zog, klaubte der Junge den Frosch wieder auf und rannte in den Wald hinein.

Wie sie am selben Tag noch erfahren hatte, hieß der Junge Tim, und seine Familie hatte tatsächlich ein Grundstück im Wald, auf dem seit vielen Jahren auch ihre Haustiere begraben wurden. Nicht weit davon entfernt stand die Statue. Versteckt in einem düsteren Teil des Waldes.

»Das ist der Totensammler!«, hatte Tim ihr irgendwann offenbart, als sie sich wieder begegnet waren. »Er und der Marder kommen, wenn gestorbene Tiere in der Nähe sind. Sie nehmen ihre Seelen mit an einen schöneren Ort. Deshalb bringe ich ihm immer wieder Körper von Tieren, die ich tot auffinde. Dann kann er ihre Seelen auch mitnehmen. Es gibt ganz viele von diesen Wesen und ihren Gehilfskreaturen. Manchmal sind es Vögel, manchmal kleine Waldtiere. Es gibt aber auch größere Helfer wie Bären oder Löwen. Hat mir der Engel erzählt, weißt du?«

Obwohl Susanne seine Geschichte stets für ein Märchen gehalten, etwas, das er sich in seiner Fantasie zusammengesponnen hatte, kam sie jetzt nicht umhin, skeptisch zu werden. Diese Statue! Die Umgebung! Die Geschichte des Jungen. Alles wirkte so mysteriös. So unheimlich. So … wahr! Der Geier. Der Marder. Sollte der Junge tatsächlich die Wahrheit gesagt haben?

Sie musste ihn besuchen! Musste herausfinden, was er noch wusste!

Sehr viel, wie sich herausstellen sollte.

Obwohl er dem Grund ihres plötzlichen Besuches erst skeptisch gegenüberstand, war er am Ende aufgetaut und hatte begonnen, ihrer Geschichte zu glauben und ihr zu vertrauen.

Was er Susanne daraufhin erzählte, erschütterte ihr bisheriges, an Naturwissenschaften angelehntes Bild der Welt. War an den Geschichten von Engelserscheinungen doch mehr dran, als man in der Neuzeit glauben wollte? Gab es das Himmelreich vielleicht doch? Das große Reich, in das die Seele nach dem Tod kam? Glaubte man den Erkenntnissen der Wissenschaft, gab es kein Leben nach dem Tod, auch keine Seele. Was den Menschen ausmachte, starb mit dem Tod des Gehirns. Das helle Licht, das man im Moment des Sterbens sehen würde, sei eine Illusion. Hervorgerufen von sterbenden Nerven. Oder so ähnlich zumindest!

War es das wirklich?

Nach allem, was Tim ihr während eines Spaziergangs in den Wald erzählt hatte, konnte sie daran nicht mehr glauben. Außerdem konnte er ihr erklären, warum gerade er die Totensammler und ihre Gehilfen sehen konnte.

»Ich bin als kleines Kind meinem Bruder, der gerade das Fahrradfahren lernte, in den Weg gerannt. Das Resultat war eine Gehirnerschütterung in einem ganz bestimmten Bereich.« Ein Grinsen huschte über sein sommersprossiges Gesicht. »Im Nachhinein betrachtet hätte dieser Unfall für mich übel ausgehen können. Heute bin ich froh, dass er passiert ist, auch wenn ich mich damals eine Weile an überhaupt nichts erinnern konnte. Hat man mir zumindest gesagt. Ich weiß nichts mehr davon. Ich war ja erst knapp zwei Jahre alt.« Er zuckte mit den Schultern, bevor er offenbarte: »Der Totensammler hat gesagt, das sei Voraussetzung dafür, ihn und alle anderen zu sehen. Gehirnerschütterungen gibt es in verschiedenen Formen. Aber nur, wenn dieses bestimmte Areal im

Gehirn betroffen ist, begleitet durch einen kurzzeitigen Gedächtnisverlust, kann es passieren, dass man sie wahrnimmt. Überall dort, wo ihre Statuen regelmäßig lebendig werden, um die Seelen verstorbener Tiere ins Jenseits zu geleiten.«

»Gibt es diese Statuen überall auf der Welt?«

»Ja, überall.«

»Und wer hat sie gefertigt?«

»Niemand. Sie sind selbst die Statuen, weißt du! Wenn sie nicht gebraucht werden oder sie es wollen, verwandeln sie sich in Stein. Bevorzugt an einem Ort, der versteckt liegt. Da sie in dieser Form aber Wind und Wetter oder anderen Gefahren ausgeliefert sind, kann es passieren, dass …«

»Hab ich gesehen, Tim. Mein Totensammler konnte nicht mehr fliegen, weil sein linker Flügel an zwei Stellen beschädigt war.«

»Traurig, gell?« Sein Gesicht transportierte diese Betrübtheit auch nach außen, als ob sie ihn plötzlich umfassen und gefangen halten würde. »Irgendwann werden sie nicht mehr da sein. Oder so weit zerstört, dass sie ihrer Aufgabe nicht mehr nachkommen können. Nicht auszudenken, was dann mit den armen Tierseelen geschieht.«

»Oder mit unseren Seelen«, entfuhr es Susanne, in der Annahme, dass ähnliche Wesen auch die Seelen der Menschen ins Himmelreich geleiten würden.

»Nein! Leider nicht! Da muss ich dich enttäuschen.« Tim schüttelte den Kopf. »Unsere Seelen werden nicht von Totensammlern geholt. Wir müssen unseren Weg ins Paradies alleine suchen. Finden wir ihn nicht, kann es passieren, dass wir auf ewig hier festsitzen oder irgendwann resignieren und uns auflösen. Das ist der Unterschied zwischen uns schuldigen Menschen und den unschuldigen Tieren. Sie haben ihren Platz im Himmel sicher. Wir müssen ihn selbst finden.«

Eine schockierende Entdeckung

»Das musst du dir ansehen!« Wie in Zeitlupe schüttelte Heidrun die langen braunen Locken. Mit offenstehendem Mund beugte sie sich so weit über den Rand der unförmigen Öffnung inmitten der kargen Felslandschaft irgendwo im Nirgendwo, wie es ihre Kraft zuließ. Nur die Finger der linken Hand, die in eine schmale Spalte im gegenüberliegenden Stein gekrallt waren, gaben ihr Halt. Mit dem Zeigefinger der freien Hand deutete sie immer wieder hinunter in das klare Wasser, das nur knapp zwei Meter unter ihr plätscherte. »Wahnsinn!«

»Komm da weg!« Maximilian grapschte nach ihrem Arm. »Wenn du runterfällst, bist du ersoffen, bevor Hilfe eintrudelt. Du kannst nicht schwimmen! Und ich habe keinen Bock, dir hinterherzuspringen. Wir würden da nie wieder rauskommen.«

»Ja, ja!« Sie wischte seine warnenden Worte mit einer verharmlosenden Geste beiseite. »Aber guck doch! Dieses Loch ist auf der neuesten Karte nicht eingezeichnet. Es dürfte gar nicht da sein.«

»Na und?« Mit einem kräftigen Ruck zog Maximilian sie aus der Gefahrenzone. »Ist vielleicht erst kürzlich entstanden. Passiert doch ständig, dass hier was einbricht. Das ganze Gebiet ist von Höhlen und unterirdischen Flüssen durchzogen. Leichte Erdbeben gibt es auch immer wieder. Wird ein Resultat der letzten Erschütterung vor knapp zwei Wochen sein.« Jetzt war es Maximilian, der in das Loch zeigte, das an der breitesten Stelle in etwa zehn Meter betrug. »Wenn du genau hinsiehst, kannst du die Steinbrocken erkennen, die vom Einbruch der Höhlendecke stammen. Kein Grund also, sich in Lebensgefahr zu bringen.«

»Hast ja recht«, pflichtete Heidrun ihm bei, während sie einen letzten Blick über den Rand hinweg warf. Erfreut verzog sie den Mund, als etwas Seltsames unverhofft durch ihr Blickfeld schwamm. »Vielleicht aber doch!«

»Wie, vielleicht aber doch?« Maximilian verlagerte sein Gewicht nach hinten. Unvernünftigerweise beugte seine Frau sich immer weiter nach vorn.

»Vielleicht gibt es doch etwas, wofür man sich in Lebensgefahr begeben könnte.«

»Hast du sie nicht mehr alle?«

Heidrun antwortete nicht. Ihr Blick war starr auf einen Punkt dort unten gerichtet.

Die Augen, ungläubig geweitet. Der Mund, lautlos auf und wieder zu klappend. Wie hätte sie auch beschreiben sollen, was sie im klaren Wasser dort unten, das einer leichten Strömung unterworfen war, gesehen hatte? Maximilian würde ihr nicht glauben. Ganz bestimmt nicht! Er glaubte nur, was er mit eigenen Augen sah. Und oft nicht einmal das. Würde ihr überhaupt jemand glauben? Würde sie sich selbst glauben, wenn sie erzählte, was sie eben gesehen hatte? Nein! Wahrscheinlich nicht! So schwieg sie und tat Maximilian gegenüber, als ob ihr eigener Schatten ihren Sinnen einen Streich gespielt hätte.

Wieso sie etwa drei Wochen später ihrer langjährigen und besten Freundin Karin von der ungewöhnlichen Sichtung erzählte, wusste sie selbst nicht.

Weil es ihr keine Ruhe ließ? Weil dieses Bild sie jede

Nacht vor dem Einschlafen verfolgte?

Sie hatte keine Antworten auf diese Fragen. Sie wusste nur, dass sie es heute bereute. Zutiefst bereute!

Langsam, auf eine Art schwerfällig, andererseits wie federleicht dahingleitend, bewegte sich das graue, leicht grünlich schimmernde Tier durch das klare Wasser. Es hatte die Größe eines Manatis. Auch der Körper und die charakteristische Schnauze erinnerten an eine Seekuh. Auf den ersten Blick sah das Exemplar daher wie ein Meeressäuger aus, der sich in das geflutete unterirdische Höhlenlabyrinth der weitläufigen Felsenlandschaft verirrt hatte.

»Unmöglich!« Karin Huber hob eine Augenbraue. »Dieses Flusssystem unter der Felsenwüste ist viel zu weit von der Küste entfernt, als dass das Ding zufällig hier gelandet sein könnte.« Die Meeresbiologin verzog das Gesicht und verschränkte die Arme vor der Brust.

»Das ist keine Felsenwüste«, verbesserte sie ihr Kollege. »Das ist ein …«

»Ist doch egal!«, unterbrach sie den Geologen barsch. »Die Frage ist, wie dieses Ding dort hinkommt.«

»Vielleicht hat es jemand ausgesetzt«, vermutete er. »Jemand, der sich die Seekuh als exotisches Haustier im Außenpool halten wollte, aber feststellen musste, dass sie zu groß wurde.« Er zuckte mit den Schultern und lehnte sich an Karins Schreibtisch.

»Das ist keine Seekuh!«, stellte Karin richtig, ohne auf seine Theorie einzugehen. »Etwas Ähnliches definitiv, aber weder die Seitenflossen passen zu einem Manati noch diese seltsam geformte Schwanzflosse. Das sieht mir eher nach

Gliedmaßen aus.« Seufzend ließ sie sich auf den Bürostuhl fallen. »Und das ergibt keinen Sinn.« Ihre müden Augen fixierten den großen Computerbildschirm. Seit sie vor drei Wochen das Wasserloch per Webcam unter Beobachtung hatte stellen lassen, übertrug der Sender vierundzwanzig Stunden am Tag, wie das merkwürdige Wasserwesen seine Kreise zog. Ebenso lange glaubte sie schon, nicht mehr richtig geschlafen zu haben. Zu sehr beschäftigte sie das ungewöhnliche Lebewesen, das sie zum Teil wohl einordnen konnte, zum Teil aber auch nicht. Es war fast, als ob ihre Freundin eine neue Spezies entdeckt hätte. Eine Mischung aus einem Manati und einem anderen Meeressäuger, den sie nicht identifizieren konnte.

»Ich habe so ein Tier noch nie zu Gesicht bekommen. Außerdem, wenn ein Manati hier ausgesetzt worden wäre, müsste sich das Exemplar spontan der Umgebung angepasst haben. Weder die Wassertemperatur noch sonst was da unten in dem Loch passt zum Lebensraum dieser Tiere. Es müsste längst zugrunde gegangen sein. Wir beobachten es seit drei Wochen. Meine Freundin hat es bereits vor sechs Wochen entdeckt. Ich bin mir deshalb sicher, dass es eine Futterquelle hat. Irgendwo dort, wo es immer wieder aus unserem Blickfeld verschwindet. Gegen die leichte Strömung in Richtung Meer. Sonst müsste es längst von seinem Speck verloren haben. Natürlich weiß ich, dass viele Tiere verdammt lange ohne Futter auskommen können, aber seit wir das hier beobachten, hat es sogar noch zugelegt. Wir sollten vielleicht wirklich versuchen, die ferngesteuerte Minitauchkamera hinunterzulassen.«

»Das Ding ist Mist. Funktioniert nie richtig, wenn man es braucht. Wieso schicken wir nicht gleich Taucher runter?«

»Bist du verrückt?« Karin zeigte ihrem Kollegen den Vogel. »Wir wissen nichts über dieses Tier. Es zieht zwar friedlich seine Bahnen und sieht auch nicht unbedingt gefährlich aus. Ich möchte meine Hand aber nicht dafür ins Feuer legen, dass es harmlos ist. Verwechsle nie Aussehen und …«

»Ist ja gut!«, unterbrach er sie und versuchte, schnell das Thema zu wechseln. »Wenn ich dich richtig verstanden habe, kann es keine spontane Mutation sein.« Er rieb sich das Kinn. »Da muss ich dir recht geben. Spontane Mutationen gehören ins Reich der Fantasie.« Er hob einen Finger, um ihre Aufmerksamkeit zu erlangen. »Das heißt aber nicht, dass es nicht doch jemand dort unten entsorgt hat. Oder, dass es nicht doch eine Mutation ist. Sie könnte sich hier schon über viele Jahrzehnte, vielleicht Jahrhunderte entwickelt haben. Wir haben sie nur jetzt erst entdeckt.«

»Falsch, Heidrun hat sie entdeckt. Wenn es darum geht, eventuelle Lorbeeren zu ernten, dürfen wir …« Karin brach ab. Mit weit aufgerissenen Augen starrte sie auf den Monitor. Nach Worten ringend und mit offenem Mund deutete sie auf den Bildschirm. »Oh mein Gott!«, entfuhr es ihr leise, während sie ihren Kollegen anstieß. »Siehst du, was ich sehe?«

»Ist nicht wahr!«, war alles, was ihr Kollege in diesem Augenblick hervorbrachte, als sich ein weiteres, etwas kleineres Exemplar ins Blickfeld der Kamera schob.

»Wahnsinn!« Wie automatisch wanderten Karins Finger zur Tastatur des Rechners, der das Signal der Webcam auf den Monitor übertrug. Ein fix eingegebener Befehl aktivierte den Zoom. Als die Kamera begann, die seltsamen Wesen im Wasserloch für den Bildschirm zu vergrößern, verschwanden plötzlich beide Exemplare. Schnell, wie erschrocken. Zurück blieb eine unruhige Wasseroberfläche.

»Verdammt!«, schimpfte Karin. Wütend über sich selbst ballte sie die Fäuste. »Das war der Zoom. Die haben das Geräusch gehört.«

»Mist!«, pflichtete ihr Kollege ihr bei. »Wenn sie das schon erschreckt, was machen die erst, wenn wir die Minitauchkamera einsetzen?«

»Auch abhauen«, antwortete Karin. »Mit dem Ding können wir ihnen aber folgen.«

»Und du meinst, das ist eine gute Idee?«

»Nein«, sagte Karin. »Wir haben aber keine andere Wahl. Wir müssen da runter.«

Zwei Tage später wurde die mit mehreren kleinen Propellern ausgestattete Unterwasserkamera von Experten abgeseilt. Sanft ließen sie das Gerät ins Wasser gleiten.

»Hoffentlich funktioniert das.« Karin atmete tief durch, während sie sich über die vor Wochen bereits installierte Umzäunung des Lochs beugte.

Nur wenige Stunden, nachdem Heidrun ihr von der Sichtung erzählt hatte, hatte sie zudem eine weitläufige Absperrung des Fundgebiets für Unbefugte angeordnet. Für sie sollte es aussehen, als ob ein Teil des Massivs instabil geworden wäre, weshalb es mit einer *Gefahr für Leib und Leben* verbunden sei, sich dort aufzuhalten. Bisher hatte sich diese Taktik als wirksam erwiesen. Wie lange noch, stand in den Sternen. Sie mussten sich also beeilen, wenn sie sicherstellen wollten, dass dieser Fund nicht zufällig und womöglich mit fehlerhaften Informationen bestückt in die Öffentlichkeit drang.

Karin strich sich eine dunkle Haarsträhne aus dem sonnengebräunten, ungeschminkten Gesicht. Angespannt verfolgte sie, wie die kleine Tauchkamera die Wasseroberfläche durchdrang. Dann lösten die Experten die Verbindung, und das Ding versank im kalten Wasser. Da die Reichweite der Fernsteuerung nur wenige Meter betrug und die teure Kamera aufgrund der leichten Strömung Gefahr lief, in die falsche Richtung abzudriften, schalteten sie den Motor sofort auf die höchste Stufe und lenkten sie in die Richtung des Durchgangs, durch den die Tiere verschwunden waren.

Alles lief nach Plan. Die Kamera sendete ihre verwackelten Bilder an den zugehörigen mobilen Monitor, vor den sich Karin sofort drängte.

Auf den ersten Blick konnte man erkennen, dass sich dort unten ein Loch auftat. Ein Tunnel, den man von oben nicht einsehen konnte. Unregelmäßig ragten mehr oder minder spitze Steine hinein.

»Könnt ihr bitte mal umdrehen?« Karin unterstrich ihre Frage mit der entsprechenden Geste.

»Klar!« Einer der beiden Techniker bediente sogleich die nötigen Hebel auf der antik wirkenden Fernsteuerung, die Karin an die des kleinen Rennautos ihres Bruders erinnerte. Es fehlte nur die ausgezogene Antenne.

Wie vermutet, zeigte die Kamera das Bild eines anderen Durchgangs. Er war um einiges schmaler als der, den sie vorher gesehen hatten.

»Alles klar.« Sie nickte vor sich hin. »Da passt keines der beiden Exemplare durch. Sie sitzen hier fest.«

»Nicht unbedingt«, warf der Techniker mit der Fernsteuerung ein. »Vielleicht wollen sie gar nicht weg. Vermuten Sie nicht eine Futterquelle in der anderen Richtung?«

»Ja«, bestätigte sie. »Dort muss es etwas geben, was sie ernährt.«

»Vielleicht sogar noch mehr.«

»Wie meinen Sie das?«

»Ich bin zwar kein Meeresbiologe, aber irgendwo müssen die Viecher doch hergekommen sein. Verstehen Sie?« Der glatzköpfige Mann Anfang Fünfzig hob die buschigen Augenbrauen. »Es gibt hier eine Art Labyrinth aus gefluteten Gängen, von denen der eine oder andere ins Meer mündet. Sie enden aber auch in Flüssen und Seen. Allerdings kommen mir diese Dinger nicht wie Fluss- oder Seenbewohner vor. Sonst müsste man sie längst kennen.«

»So ist es.« Karin schob die Unterlippe nach vorne, während der Mann die Kamera wieder drehte und sie vorsichtig auf den großen Durchgang zusteuerte.

»Dann können die eigentlich nur aus dem Meer kommen.«

»Das weiß ich noch nicht.« Wieder strich sie sich eine Haarsträhne aus dem Gesicht. »Betonung auf *noch nicht*.« Sie hob einen Finger und schob sich dann noch näher an den mobilen Monitor heran. Da die Kamera einen Nachtsichtmodus hatte, formten sich dort erste verschwommene Bilder aus der Dunkelheit. Bilder, die keiner zu sehen erwartet, von denen keiner auch nur im Entferntesten zu träumen gewagt hätte.

War das zweite Exemplar schon eine riesige Überraschung gewesen, übertraf das, was die Anwesenden jetzt auf dem Bildschirm sahen, einfach alles.

Wortlos vor Staunen starrten Karin und ihr Team auf den Monitor. Niemand war in der Lage, ein Wort von sich zu geben. Zu unglaublich war das, was ihnen die Kamera offenbarte. Es gab nicht nur zwei Exemplare der seltsamen Spezies. In der weitläufigen Höhle, deren Ausmaße nicht zu erahnen waren, tummelte sich eine ganze Herde dieser Wesen. Kleine. Große. Familien.

Auf den ersten Blick zählte Karin elf dieser unbekannten Geschöpfe. Sie wollte noch einmal genauer zählen, als das Bild zu flackern begann, als ob es eine Übertragungsstörung geben würde. Keine Sekunde später war der Monitor schwarz.

»Verdammt!«, fluchte der Techniker, der die Unterwasserkamera gesteuert hatte. »Wir haben sie verloren.«

»Haben wir noch eine?« Karin fuhr zu ihm herum.

»Leider nicht. Das war ein Prototyp. Weitere sind zwar in Planung, aber ...«

»Dann müssen wir doch Taucher runterschicken.«

»Ich dachte, das wäre zu gefährlich.« Ihr Kollege hob skeptisch die Augenbrauen. »Hast du nicht gesagt ...«

»Ich weiß, was ich gesagt habe«, meckerte Karin. Sie löste sich aus dem Pulk der um den Monitor stehenden Leute. Ihr Kollege folgte ihr, während die anderen entweder den dunklen Bildschirm ansahen oder in das Wasserloch starrten. »Die Situation hat sich geändert. Du hast gesehen, wie viele es sind.«

»Du willst eines haben, habe ich recht?«

»Das dürft ihr nicht machen!« Heidrun versuchte, mit ihrer Freundin Schritt zu halten. »Lasst sie in Ruhe!« Sie griff nach Karins Oberarm. Fester als beabsichtigt langte sie zu und zog sie zu sich herum. »Ihr dürft keines davon fangen. Ihr wisst gar nicht, ob es die Umsiedlung ins Aquarium eures Labors überlebt. Außerdem weiß ich genau, was ihr dort mit ihm vorhabt.« Aufgebracht deutete sie mit dem ausgestreckten Zeigefinger der freien Hand auf ihre Freundin. »Ich habe dir davon erzählt, weil ich dachte, du könntest mir sagen, was das für ein Tier ist. Hätte ich geahnt, dass du …«

»Was erwartest du von mir?« Karin riss sich mit einem kräftigen Ruck los. »Ich bin Wissenschaftlerin, und das ist eine bisher unbekannte Tierart. Ich muss einfach eines untersuchen. Muss wissen, was es ist, wie es dort überleben kann, woher es stammt.« Jetzt war sie es, die nach Heidruns Armen griff. »Ich verspreche dir, dass dem Tier nichts geschieht.« Fest sah sie Heidrun in die Augen. »Bitte versteh doch! Nach allem, was wir bisher gesehen haben, sind diese Wesen tatsächlich außergewöhnlich. Und es sind so viele. Ich habe dir gestern die Aufzeichnung der Kamera gezeigt. Ich muss einfach eines aus der Nähe sehen.«

»Wenn du die Tiere näher sehen willst, dann geh selbst runter. Du kannst tauchen. Wo ist …«

Heidrun wurde von einem aufgeregten und alles übertönenden »Kommt her!« unterbrochen. »Das müsst ihr euch …« Die Stimme des Mannes erstarb geschockt. Heidrun und Karin zögerten keine Sekunde. Beinahe gleichzeitig rannten sie los.

Gespannt, was sie am Ort des Geschehens zu sehen erwartete, klammerten sie sich an die Absperrung und warfen einen Blick nach unten. Was sie dort durchs Wasser pflügen sahen, verschlug auch ihnen sowohl die Sprache als auch den Atem.

Es war riesig. Der plumpe, graugrüne Körper konnte gerade so wenden, ohne irgendwo anzuecken, bevor er sich wieder in Richtung Durchgang gleiten ließ. Doch nicht seine immense Größe war es, die den Herbeigeeilten die Fähigkeit zu Reden nahm. Niemand war in diesem Moment auch nur annähernd in der Lage zu erfassen, was er sah. Es in Worte zu kleiden. Es war zu fantastisch. Zu unglaublich. Schlicht unmöglich. Als ob sie einer Sinnestäuschung erlegen wären. Hervorgerufen durch das sich leicht kräuselnde Wasser.

Da war der wuchtige Körper. Wie der einer Seekuh. Auch der Kopf wirkte charakteristisch. Bis auf die Sehorgane.

Mit zusammengekniffenen Augen starrten sie auf das, was in jenen Sekunden die meisten für eine Halluzination hielten.

Es war keine. Sie alle sahen sie. Die Augen des Geschöpfs. Diese menschlich wirkenden Augen. Sie passten nicht dazu. Waren fehl am Platz.

Da war aber noch mehr. Während der etwa drei Sekunden, in denen Karin Blickkontakt mit dem Wesen hatte, bevor es wieder in Richtung Tunnel und somit aus ihrem Sichtfeld verschwand, glaubte sie, noch etwas darin zu erkennen. War ihr erst nur, als ob das große Tier sie kurz fixierte und auch registrierte, dass es beobachtet wurde, bevor es wieder verschwand, war sie jetzt davon überzeugt, dass Traurigkeit in diesem Blick gelegen hatte. Immenses Leid. Schwermut. Bedauern. Als ob das Wesen an Schuldgefühlen leiden würde.

Wie war das möglich? War es eine Täuschung? Hervorgerufen durch die Sehorgane, die so menschlich wirkten? Hatte sie daher mehr in diesen Blick interpretiert, als sie hätte tun dürfen?

Karin musste es herausfinden. Sie musste dieses Exemplar noch einmal sehen.

Wenige Stunden später seilten sich zwei Profitaucher hinab in das ungetrübte Wasser. Ausgestattet mit besseren Unterwasserkameras und Waffen zur Verteidigung, ließen die Männer sich langsam eintauchen. Spezielle Atemluftflaschen sollten sie wendiger machen, obwohl sie ihnen nur Luft für knapp zwanzig Minuten spenden würden.

»Hoffentlich reicht das, um eine gute Aufnahme zu kriegen«, murmelte Karin.

»Hättest halt selbst runtertauchen …«

»Kannst du damit aufhören?«, unterbrach sie ihre Freundin barsch. »Du hast doch auch gesehen, was ich gesehen habe. Was wir alle gesehen haben. Sag mir nicht, du möchtest dieses riesige Exemplar nicht noch einmal intensiver betrachten. Die Augen genauer ansehen.«

»Ja, schon, aber …«

»Ruhe jetzt!«, funkte Karins Kollege dazwischen. »Die Kameras senden die ersten Bilder.

Wie schon bei der ferngesteuerten Unterwasserkamera zeigte der nun aufgrund von zwei Aufnahmegeräten geteilte Monitor Bilder des Durchgangs. Stockfinster schien es darin zu sein. Je näher die Taucher dem Eingang zur Höhle kamen, desto düsterer wurden die Übertragungen. Bis die Nachtsichtgeräte ihre Arbeit taten und die Aufnahmen klarer wurden.

Zuerst waren es nur verschwommene Konturen. Einzelne, unterschiedlich große Farbkleckse, die sich langsam im Wasser bewegten wie Astronauten in der Schwerelosigkeit. Dann wurden die Bilder schärfer und auch deutlicher, je weiter die beiden Taucher vorsichtig in die Höhle glitten. Was die Kameras in diesen Sekunden auf den Bildschirm sendeten, war unglaublich. Die Höhle war nicht einfach nur ein geflutetes, großes Loch im Gestein. Sie war gigantisch. Und sie war nicht komplett voll Wasser, wie angenommen. Nein, diese Höhle beherbergte einen riesigen See.

Sachte und auf der Hut, um die Tiere in ihrer Umgebung vorerst nicht zu erschrecken, hoben die Taucher langsam die Köpfe aus dem Wasser. Sofort konnte man die wahren Ausmaße des Hohlraums erkennen. Was noch ins Auge stach, war das weitläufige, flache Ufer des unterirdischen Sees. Einige der unbekannten Tiere hatten sich dort niedergelassen oder schliefen gar. Auch war es nicht vollkommen dunkel in diesem imposanten Raum unter dem Felsgebirge. Vereinzelt konnte die Sonne Spalten im Stein nutzen und ihre Strahlen hineinschicken, um die eine oder andere Stelle zu erhellen.

»Lieber Himmel!«, flüsterte Heidrun, die wie Karin und all die anderen um den Monitor stand und gebannt auf das starrte, was die Kameras zeigten. »Das sind ja Dutzende.«

»Und verschiedene Generationen. Wie ich es schon vermutet habe.« Karin deutete auf die rechte Hälfte des Bildschirms. »Seht ihr. Das sind definitiv zwei ganz junge Exemplare. Und der da hinten …« Sie brach ab, als das vor wenigen Stunden gesichtete Riesentier sich langsam ins Blickfeld dieser Kamera schob. Behäbig bewegte es sich im kalten Wasser und ließ sich mehr treiben, als dass es schwamm.

Dieser Koloss war wahrlich außergewöhnlich. Er war anders. Er wirkte auf gewisse Art weiterentwickelt. Vielleicht auch nur, weil er größer war und die Details des Körperbaus besser zu erkennen.

Karin konnte nicht sagen, was ihre Aufmerksamkeit in jenen Sekunden erregte, und doch wusste sie, dass hier irgendetwas nicht stimmte. Nicht nur deshalb, weil sich der

Gigant plötzlich in die Richtung der beiden Taucher drehte und Kurs auf sie nahm.

»Verdammt!«, unterbrach ihr Kollege sie in ihren Gedanken. »Die müssen da raus. Das ist garantiert der Chef der Herde. Mit dem ist bestimmt nicht zu spaßen. Ich weiß, wie gefährlich so ein Hippo sein kann. Und dieses Tier erinnert mich ganz gewaltig an so ein dickes Ding.«

»Nein!« Karin schüttelte den Kopf. »Es will nicht angreifen.«

Die Bilder, die beide Kameras nun nahezu synchron sendeten, bestätigten ihre Vermutung.

Obgleich mittlerweile alle Tiere im Blickwinkel der Kameras ihre Aufmerksamkeit den beiden Eindringlingen schenkten, machte keines davon Anstalten, die Störenfriede anzugreifen. Im Gegenteil. Ihre Anwesenheit schien den meisten schon nach wenigen Sekunden egal zu sein. Einzig die größeren Exemplare behielten die Taucher im Blick.

Wachsam? Skeptisch? Karin konnte es nicht sagen. Sie waren zu weit weg.

Sehr nahe war indessen das riesige dieser unbekannten Wesen. Anstatt jedoch weiterhin Kurs auf die zwei Eindringlinge in seinem Revier zu nehmen, drehte sich das Tier im sicheren Abstand zur Seite und schwamm träge an ihnen vorbei.

Was die Kameras in jenen Augenblicken übermittelten, war spektakulär. Es war überwältigend. Aber auch bewegend. Ergreifend.

Da waren diese menschlichen Augen, die eine Form der Traurigkeit nach außen trugen. Sie wirkten aber nicht nur betrübt. In ihnen spiegelte sich noch viel mehr. Es schimmerte

Intelligenz darin. Wissen. Vielleicht sogar die Kenntnis dessen, was es war und warum. Außerdem war Karin, als ob die Augen des Wasserwesens Erleichterung zeigen würden. Freude. Aber auch Scham.

Die Bilder offenbarten noch etwas anderes.

Hörbar sog Karin den Atem ein und hielt ihn an.

Viel zu lange für Heidruns Geschmack. Kurzerhand stieß sie ihr den Ellenbogen zwischen die Rippen, um ihre Aufmerksamkeit zu erlangen. Es gelang ihr nicht. Karins Augen waren starr auf das große Tier gerichtet.

»Sag mir, dass ich das träume!« Erneut stieß Heidrun ihre Freundin an. »Sag, dass das nicht wahr ist.« Ihre Stimme wurde immer lauter. Ungläubig schüttelte sie den Kopf. Versuchte so, diese Bilder, die eigentlich nicht existieren durften, zu verwischen. »Oh mein Gott, lass mich schnell aus diesem Traum aufwachen!«

»Das ist kein Traum, Heidrun!« Karin presste die Lippen aufeinander. Sie konnte den Blick nicht von dem Mischlingswesen abwenden, dem Geschöpf des Wassers, dem stummelige menschliche Hände und Füße am Körper wuchsen. Dort, wo sie bei einem Menschen gewesen wären. Es fehlten jedoch Arme und Beine. Auf den ersten Blick sahen diese Auswüchse wie skelettierte Seiten- und Schwanzflossen aus, wobei die Schwanzflosse sich von den Seitenflossen unterschied. Sie sah aus wie Füße, die zusammengewachsen waren, während die Seitenflossen den Eindruck erweckten, als ob sie aus gespreizten Fingern bestehen würden. Bei näherem Hinsehen konnte man diese im Ansatz auch bei einigen anderen Exemplaren erkennen. Bei den Kleineren jedoch war noch nichts davon zu sehen. Ihre Flossen sahen aus wie die normaler Manatis.

»Kein Traum, Heidrun.« Ihre Blicke klebten am Monitor wie Magneten, die zueinandergefunden hatten. Noch immer übertrugen die Nachtsichtgeräte die typisch eingefärbten Bilder aus der immensen Höhle, die über diverse geflutete

Durchgänge oder Tunnel noch mit anderen Räumen verbunden war. Immer wieder sah man Tiere darin verschwinden oder daraus auftauchen. Keines davon machte Anstalten, die eingedrungenen Taucher zu attackieren oder ihnen überhaupt mehr Aufmerksamkeit zu schenken als nötig. Einzig das größte Tier suchte vorsichtig immer wieder Blickkontakt. Und nicht nur das. Es war beinahe, als ob sein sich wiederholendes Verhalten etwas in den Blick rücken wollte.

»Siehst du das?« Heidrun deutete auf den Monitor. »Der Arme hat sich wohl verletzt. Da zieht sich eine gezackte Narbe quer über das, was ich als Wange betitelt hätte.«

Kaum hatte sie den Satz beendet, geschah plötzlich alles auf ein Mal. Als ob sein Inhalt der Startschuss gewesen wäre, rannte Karins Kollege zu dem Wagen, in dem sich das ganze elektrische Equipment befand, zwei weitere Männer griffen nach ihren Mobilfunkgeräten und suchten nach Empfang. Die Taucher ließen sich unter Wasser gleiten, um zurückzukehren. Und Karin riss die Augen auf. Laut und erschrocken sog sie den Atem ein, sodass Heidrun beinahe befürchtete, sie hätte einen Herzinfarkt.

»Was ist los?«, fragte sie verwundert. Fragend drehte sie den Kopf in alle Richtungen. Um sie herum war Hektik ausgebrochen. Urplötzlich! Vor wenigen Sekunden war noch alles ruhig gewesen. Alle hatten gebannt auf den Monitor gestarrt. Jetzt herrschte aufgeregtes Treiben. Ein aufgekratztes Gerenne von hier nach da. Wirr und chaotisch wurde durcheinandergeredet und -geschrien. Als ob, von einem Augenblick auf den anderen, das Chaos ausgebrochen wäre.

Warum? Heidrun hatte keine Erklärung für das seltsame Verhalten der Menschen um sie herum. Was war denn los? Sie hatte doch nur die Narbe erwähnt.

»Was soll das jetzt? Habe ich was verpasst?«

Karin antwortete nicht auf ihre Frage. Sie hatte sie nicht einmal wahrgenommen. Nichts schien mehr zu ihr durchzudringen. »Kein Traum …«, wiederholte sie nur immer und immer wieder.

»Was denn?« Heidrun grapschte nach ihren Oberarmen und zwang sie dazu, ihr in die angespannt fragenden Augen zu sehen. »Wovon redest du?«

Überrumpelt öffnete Karin den Mund. Kein Ton kam erst über ihre Lippen, bis Heidrun sie kräftig rüttelte.

»Es ist der Beweis, dass an der Geschichte etwas dran ist«, gab sie leise von sich, während sie langsam und wie abwesend den Kopf schüttelte. »Und ich dachte immer, es wäre ein Märchen. Etwas, das hier den Studenten der Meeresbiologie gern aufgetischt wird.«

»Wie bitte?« Heidrun suchte erneut den Blickkontakt zu ihr, konnte ihre Aufmerksamkeit aber nur teilweise erlangen. »Du redest wirres Zeug. Was für ein Märchen?«

»Das von den belächelten Experimenten, die ein Professor vor Jahren durchgeführt haben soll. Das war hier an der Uni. Ich kenne ihn nicht. War vor meiner Zeit. Man sagt, er war plötzlich verschwunden. Wie auch seine Familie, einige enge Freunde sowie ein paar seiner besten Studenten. Insgesamt sind über zwanzig Menschen von heute auf morgen weg gewesen. Spurlos.«

»Woran hat er experimentiert?«

»An Manatis.« Karin blickte ihr endlich in die Augen. »Und Menschen.« Ihre Stimme klang, als ob sie es selbst nicht fassen konnte.

»Warum?« Heidrun wollte nicht glauben, was sie gerade hörte.

»Er wollte beweisen, dass Meerjungfrauen tatsächlich existieren und nicht nur Legenden sind.«

»Was haben Manatis damit zu tun?«

»Er hat gelesen, dass Meerjungfrauen Trugbilder von Seekühen seien, hervorgerufen durch ein mit Sauerstoff unterversorgtes Gehirn bei Ertrinkenden oder so. Er wollte dies nicht glauben und deshalb beweisen, dass es diese Mischwesen geben kann. Irgendwie hat seine Theorie aber keiner ernstgenommen.«

»Willst du damit sagen, seine Experimente haben geklappt und das könnte er sein? Mit seiner Familie? Seinen Freunden? Den Studenten? Wie kommst du darauf?«

»Die Verletzung!« Karin warf einen Blick in das Wasserloch, wie in der Hoffnung, das Wesen würde sich erneut dort sehen lassen. »Die Narbe! Er ist es. Und irgendwie habe ich das Gefühl, er ist froh, dass wir ihn und seine Probanden und Nachkommen gefunden haben.«

Alle? Nicht alle! Einige Exemplare haben den Weg ins Meer gefunden und sich vermehrt. Wo sie leben, wird aber nicht verraten!

Emmas Rache

2. Juni 2013, 22.24 Uhr

»Kommt ihr Lieben! Steigt hoch aus den Tiefen!« Die sanfte Stimme war nicht mehr als ein Flüstern. »Ich brauche euch!« Ein seichter Windhauch trug die leisen Worte hinweg. Verteilte sie! Wehte sie in die verstecktesten Winkel.

»Dient mir ein letztes Mal!« Als ob die Sätze von einem Echo nachgeahmt wurden, verdoppelten sie sich. Verdreifachten sich. Überlagerten sich. Schwappten plötzlich wie Wellen über das riesige Sumpfgebiet. Und verliefen sich abebbend in den Weiten des gefürchteten Moores.

2. Juni 2013, 22.28 Uhr

»Ach, verdammt!« Ben klappte den Deckel des alten Buches zu. Die Aktion wirbelte die dünne Staubschicht auf dem Tisch durcheinander und in die Luft. Die Partikel verdunkelten kurz das Licht der Leselampe. Wie ein Schatten, der sich ins Bild schiebt und wieder verschwindet.

»Mist!« Resignierend ließ er die Schultern hängen und seufzte so laut, dass der Pfarrer des kleinen Ortes tadelnd die Augenbrauen hob. Er stand im Vorzimmer des winzigen Archivs und lugte durch die offene Tür, als ob er dem jungen Journalisten nicht über den Weg trauen würde.

»Der beobachtet mich wie ein Polizist einen Verdächtigen«, murmelte Ben, während er in die Richtung des älteren Herrn nickte, die Mundwinkel zu einem Lächeln verzog und

»Entschuldigung!« rief.

»Der schmeißt uns noch raus, wenn du so weitermachst!« Michael, sein Kollege und seit einiger Zeit auch bester Kumpel, blickte ihm warnend in die dunklen Augen. »Reiß dich zusammen. Das hier ist wichtig. Wenn wir das hinkriegen, bekommen wir endlich unser eigenes Büro.«

»Betonung auf *unser*!« Ben hob einen Zeigefinger. »Ich muss mich trotzdem weiterhin mit dir herumschlagen.«

»Furchtbar schlimm!« Der Sarkasmus war deutlich zu vernehmen.

Ben ignorierte ihn. Tief einatmend griff er nach einer schlicht zusammengehefteten Sammlung von handbeschriebenen Seiten, obwohl er sich auch davon nichts versprach. »Noch schlimmer ist das hier!« Er schüttelte den dunkelbraunen Lockenkopf. »Womit haben wir das nur verdient?«

»Fragst du das jetzt tatsächlich?« Michael zog eine Grimasse. »Nicht dein Ernst!«

Nein, nicht wirklich! Ben wusste genau, warum ihr Chef gerade sie beide in die tiefste Provinz geschickt hatte, um dieser Geschichte auf den Grund zu gehen. Sie hatten eine wichtige Reportage vermasselt. Sie komplett in den Sand gesetzt. Und das war die Strafe!

Mit dieser Story konnten sie es endlich aus dem Tal heraus schaffen, in das sie sich selbst katapultiert hatten. Mit einer Geschichte, die manche für Humbug hielten. Die viele als mysteriös bezeichneten und daher hin- und hergerissen waren. Die einige aber auch glaubten. Zu welcher Gruppe Ben gehören würde, konnte er noch nicht sagen, tendierte allerdings deutlich zur Ersteren.

23. April 1977, 23.48 Uhr

Nahezu geräuschlos schlich eine dunkel gekleidete Gestalt durch den mit hohen Bäumen bewachsenen Garten des kleinen Klinikums am Rande eines großflächigen Sumpfgebietes. Im Arm trug sie ein Bündel, das sie stetig wiegte. Vorsichtig arbeitete sie sich, immer im Schatten der Bäume verbleibend, auf die geschlossene Doppeltür der Klinik zu. Der wieder abnehmende Mond beleuchtete den Weg dorthin ausreichend. Sein Licht drohte aber auch, sie den vielleicht schlaflosen Augen an den Fenstern zu verraten. Und dem Wärter, der im Inneren des Gebäudes nahe dem Eingangsbereich seine Runden drehte.

Geduckt blieb die Gestalt hinter dem dicken Stamm der riesigen Linde links vor dem Eingang stehen und lugte durch die Glastüren ins Innere. Niemand war zu sehen. Die vermummte Person nutzte die Gelegenheit und eilte aus dem Schatten des Baumes hervor. Nur wenige Schritte trennten sie noch von der wichtigsten Entscheidung ihres Lebens. Eine Entscheidung, die ihr die Tränen in die Augen trieb. Es war aber die einzige Möglichkeit, ihren Sohn vor dem Schicksal zu bewahren, das alle männlichen Müllers zu treffen schien.

»Bitte, lieber Gott, sei seiner Seele gnädig und verschone ihn vor dem Fluch, der ihm den Tod im Sumpf verheißt.«

Anne Müller konnte die Tränen nicht mehr zurückhalten, als sie ihr heimlich ausgetragenes Neugeborenes ein letztes Mal ansah und auf die winzige Stirn küsste. »Ich wünsche dir ein schönes Leben, mein Sohn«, flüsterte sie, legte das Bündel vor dem Eingang ab und betätigte den Klingelknopf, bevor sie sich schnell aus dem Staub machte.

2. Juni 2013, 23.26 Uhr

»Hey, ich glaube, ich hab was gefunden!« Ben fuchtelte mit einer Hand in der Luft vor der Nase seines Kumpels herum. »Wenn es tatsächlich so ist, dass hier seltsamerweise alle fünfzig Jahre ein männlicher Nachkomme der Familie Müller am dritten Juni nachts spurlos im Sumpf verschwindet ...« Er blätterte eine Seite vor. Und noch eine. Als ob er wirklich sichergehen wollte.

»Was heißt, *wenn* es so ist?«, korrigierte ihn Michael und hob die Augenbrauen. »Das ist Fakt! Darum sind wir hier! Weil es sehr seltsam ist, dass so regelmäßig immer nur Müllers verschwinden. Kann kein Zufall sein. Dem stimme ich sogar zu. Ich frage mich nur, was wir hier sollen. Ich meine, es gibt hier keine männlichen Nachkommen dieser Familie mehr. Die letzte Nachfahrin ist eine Frau Anne Willmer, geborene Müller. Kinderlos. Aus. Amen. Ende. Es kann heute Nacht kein weiterer Müller verschwinden.«

»Das mag ja sein.« Ben bedeutete Michael mit einer Geste, abzuwarten, und sagte: »Lass mich noch was gucken.«

»Dann mach, aber beeil dich!« Michael lehnte sich auf seinem im Laufe der Stunden unbequem gewordenen Stuhl zurück und verschränkte die Arme vor der Brust. »Ich habe keine Lust mehr.« Er lugte durch die noch immer offenstehende Tür des kleinen Archivs im Pfarrhaus. »Und ich denke, der Pfarrer hat auch keinen Bock mehr, uns noch länger zu beaufsichtigen. Es ist schon fast halb zwölf. Lass uns morgen weitermachen.«

»Nur noch eine Sekunde!« Ben hob die Hand. Konzentriert und mit zusammengekniffenen Augen las er eine bestimmte Stelle immer und immer wieder, bis Michael nach den abgegriffenen Seiten langte und sie zu sich herumdrehte.

»Was gibt es da so Interessantes?«

»Diese Aufzeichnungen wurden neben einigen anderen für die offizielle Chronik verwendet. Es ist das Tagebuch des damaligen Pfarrers.« Ben deutete mit dem ausgestreckten Zeigefinger der linken Hand auf die handbeschriebenen Seiten. »Ist zwar nicht mehr das Original, aber die Kopie von einer Kopie von einer weiteren Kopie und so weiter.« Er atmete tief ein, bevor er fortfuhr: »Ist klar, dass man für eine Dorfchronik nicht jedes schriftlich festgehaltene Blablabla verwendet. Das hier hätten sie aber besser reinschreiben sollen.«

»Was denn?«

»Den Eintrag vom 3. Juni 1513.« Er holte sich die Kopien der Tagebuchblätter zurück. *»Seit kurz vor der Mittagsruhe wird die kleine Emma vermisst. Sie ist elf Jahre alt und die jüngste Tochter des im Ort ansässigen Schäfers. Nach Aussage des älteren Bruders, der am Morgen zusammen mit ihr die Herde des Vaters beaufsichtigte, wollte sie am Rand des Sumpfgebietes ein paar Blumen für ihre Mutter pflücken. Der junge Mann hat sie wohl ermahnt, vorsichtig zu sein, und er wollte seine Schwester im Auge behalten, doch wurde seine Aufmerksamkeit von einer sich ausbreitenden Unruhe in der Herde abgelenkt. Als er die Tiere trotz eines unvorhergesehenen Wolkenbruchs wieder im Griff hatte, war Emma nicht mehr dort, wo er sie zuletzt gesehen hatte. Er sagte, er sei im herunterprasselnden Regen sofort losgelaufen und habe nach ihr gerufen und gesucht. Vergeblich.*

Auch die kurz darauf in Gang gesetzte Suche nach ihr war

von keinem Erfolg gekrönt. Lange wurde nach Emma gesucht. Bis in die Nacht hinein haben Männer mit Fackeln das Sumpfgebiet durchforstet, soweit sie sich hineinwagten. Nichts. Es gibt keine Spur von der kleinen Emma. Die Hoffnung, sie lebend wiederzusehen, sinkt, je länger der Mond am Himmel steht. Auch ich befürchte, dass das Moor sie verschluckt hat. Möge der Liebe Gott sich ihrer jungen und unschuldigen Seele annehmen. Friede sei mit ihr.«

»Und?« Michael hob die Schultern. »Was hat das mit unserem Fall zu tun?«

»Das war am 3. Juni. Und wenn ich hier weiterlese, stellt sich heraus, dass dieses Mädchen tatsächlich verschwunden blieb.«

»Ja und?« Michaels Schultern blieben oben.

»Kommt ja«, meckerte Ben, den die Ungeduld seines Kumpels zu nerven begann. »Ich bin auch müde. Und ich verspreche dir, dass wir in ein paar Minuten hier abhauen. Aber das musst du dir noch anhören. Also, Aufmerksamkeit bitte! Dieser Tagebucheintrag hat noch eine andere Information. Ich lese es dir vor.« Ben suchte den Anfang des krakelig kopierten Abschnitts. *»Ansonsten gibt es vom heutigen Tag nicht viel zu berichten. Die Suche nach der kleinen Emma hat alles andere überschattet. Jeder hat geholfen, wie er konnte. Sogar der Müller, der an jenem Tag kurz vor Mittag im Sumpfgebiet, nach seiner Aussage, von einem wilden Tier angefallen worden war. Von Blut überströmt war er aus dem Moor gekommen. Verwirrt. Ängstlich. Nicht ganz Herr der Lage. Trotzdem hat er sich, nachdem er sich einigermaßen beruhigt hatte, der Suche angeschlossen. Die Frage, welches Tier es gewesen war, hat er damit beantwortet, dass es ein großer,* *schwarzer Hund gewesen sei. Ein Tier, das weder vorher jemand hier gesehen hat noch danach.*« Ben hob den Kopf. Er suchte den Blickkontakt zu seinem Kumpel. Sein Gesicht zeigte deutlich, dass er sich sicher war, hier auf den entscheidenden Hinweis gestoßen zu sein. Es passte alles zusammen. Der Müller! Blutüberströmt! Moor! Wieso, um Himmels willen, war darauf nicht schon eher jemand gekommen? »Na, was sagst du?«

Michael klappte den Mund auf. Schloss ihn aber sofort wieder und verzog stattdessen die Lippen kurzzeitig zu einem Grinsen, das Ben zu gut kannte. Es war das Grinsen, das sein Kumpel meist dann aufsetzte, wenn er sich geschlagen geben musste. Dazu hob er auch gern die Augenbrauen. Das allerdings fehlte heute.

»Rätsel gelöst, möchte ich behaupten.« Ben strich die vorgelesene Seite vorsichtig glatt, bevor er sie Michael triumphierend hinschob. »Das war leicht.«

»Hm«, brummte sein Kumpel. Er schob das Kinn nach vorne und rieb sich über die Bartstoppeln. Mit der freien Hand langte er zielstrebig nach einem dicken Buch, das sämtliche Einwohner des Dorfes, seit Gründung, auflistete. Natürlich in Kopie der Kopie einer Kopie. »Wenn da nicht ein Problem wäre.« Er blätterte sich durch die Seiten bis zu dem Eintrag, den er suchte. »Der Müller von damals hieß nicht Müller, sondern Ebert.« Er drehte das Buch um und schob es Ben über den Tisch. »Da steht es!«

»Ach, sch…!« Ben verkniff sich den Rest. Deshalb also hatten die gehobenen Augenbrauen gefehlt. Seufzend griff er nach dem Buch und zog es zu sich her. »Gibt es denn wenigstens irgendjemanden, der Müller mit Nachnamen hieß?«

»Nein!« Michael schüttelte den Kopf. »Ich habe das schon x-mal geprüft. Die Müllers kamen erst kurz danach hier in den Ort. Sie waren Schuhmacher und haben im Dorf eine Werkstatt eröffnet. Hier steht es! Zugezogen im August 1513.« Er atmete tief ein, legte die Hände auf die Tischplatte und stemmte sich hoch. »Lass uns endlich Schluss machen für heute. Ich bin müde«, gähnte er, sodass man die letzten Worte kaum verstand. »Und nicht nur ich. Ich denke, der Herr Pfarrer will auch ins Bett.«

3. Juni 1513, 11.16 Uhr

»Emma!«, hörte die Elfjährige ihren vier Jahre älteren Bruder Hans rufen. »Du weißt, dass du dich vom Sumpf fernhalten sollst! Bleib hier! Ich muss auf die Schafe aufpassen. Ich kann dir nicht auch noch hinterherlaufen!«

»Ist ja gut«, antwortete das Mädchen mit den dunkelblonden, geflochtenen Zöpfen genervt. »Ich will Mutter ein paar Blümchen pflücken. Keine Sorge, ich geh nicht weiter ran, als ich darf.« *Obwohl die Blüten dort hinten wirklich wunderschön sind*, schoss es ihr durch den Kopf. *Wenn er mich nur kurz mal aus den Augen lassen könnte! Es sind doch nur ein paar Schritte!*

Ein plötzlich unter den Schafen der großen Herde ihrer Familie ausbrechender Tumult kam ihr in diesem Moment wie gerufen. Was ihn ausgelöst hatte, wusste sie nicht. Sie sah nur, wie ihr Bruder hektisch versuchte, die richtigen Kommandos an die Hunde zu geben und die Tiere so zusammenzuhalten.

»Verdammt!«, hörte sie ihn fluchen. Und sie vernahm ein

erschrockenes: »Herr Ebert, was ist denn mit Ihnen passiert?«, während sie sich vorsichtig am Rand des Sumpfgebietes aus dem Sichtfeld ihres Bruders bewegte – auf die hübschen, saftig dunkelroten Blumen zu. Nur wenige Schritte entfernt blühten sie an einem Strauch. Als ob sie ihr zuwinken würden.

Ein letztes Mal warf sie einen Blick über die Schulter, um sicherzugehen, dass ihr Bruder nichts mitbekam. Dieser strenge Aufpasser! Er glaubte ständig, sie behüten und beschützen zu müssen. Wovor auch immer! Es gab keine gefährlichen Tiere hier, vor denen sie sich in Acht nehmen musste. Das einzig Gefährliche war der Sumpf. Viele gruselige Geschichten hatte ihr Vater schon darüber erzählt. Immer mit der Absicht, sie vor dem Gebiet zu warnen. Davon fernzuhalten.

»Auch mir hat er diese Geschichten erzählt«, hatte Hans vor wenigen Tagen zugegeben. »Weißt du, er will nur, dass wir aufpassen. Das saftigste Gras für die Schafe wächst nun einmal in der Nähe des Sumpfgebiets.« Er hatte betonend einen Finger gehoben. »Wir sollen auf gar keinen Fall hinterher, wenn sich ein Schaf hineinverirren sollte.«

Trotzdem, dachte Emma. *Manchmal übertreibt Hans es einfach mit seiner Aufpasserei.* Wie gut, dass er gerade beschäftigt war.

In sich hineingrinsend tastete sie sich immer weiter auf die roten Blumen zu. Vorsichtig setzte sie einen unbeschuhten Fuß vor den anderen. Immer erst prüfend, ob der Untergrund auch wirklich das hielt, was er versprach. Es dauerte nicht lange, bis sie den wundervoll blühenden Busch erreicht hatte. Freudig streckte sie die freie Hand nach der ersten Blume aus.

Die großen, roten Blüten würden perfekt zu den gelben Dotterblumen und dem Löwenzahn passen, die sie bereits in der anderen Hand hielt.

Noch bevor sie den ersten blühenden Ast abbrechen konnte, hielt sie erschrocken inne. Was war das? Seltsame Geräusche ließen sie in der Bewegung erstarren. Da war das Knacken von Ästen oder Zweigen. Das typische Schmatzen von Schritten, die sich durch Morast bewegten. Und noch etwas vernahm sie. Es war, als ob jemand schnell atmen würde. Atmen? Nein. Hecheln!

All dies mischte sich unter das noch immer nervöse Blöken der Schafe, das Bellen der beiden Hütehunde und die gebrüllten Kommandos ihres Bruders, der verzweifelt dabei war, die Tiere zu beruhigen.

Noch während Emma versuchte, die Geräusche voneinander zu trennen und die Richtung zu identifizieren, aus der das seltsame Hecheln kam, erblickte sie ihn – den riesigen Hund. Schwarz wie die Nacht war er. Struppig. Dürr. Schmutzig. Die großen Pfoten voller Schlamm. Stinkend, als ob er sich in Exkrementen gewälzt hätte. Als seine dunklen Augen Emma erfassten, begann er zu knurren und die Zähne zu blecken. Rot von Blut waren sie. Auch das Fell um die Schnauze war getränkt von dem roten Saft.

Gleich wird mein Blut sich dazu mischen, schoss es Emma durch den Kopf. Zeitgleich trat sie einen Schritt zurück und ließ den erstarrten Arm sinken. So laut sie konnte, rief sie nach ihrem Bruder.

Ein Fehler, den sie in diesem Moment nicht als solchen wahrnahm. Zu erschrocken war sie. Zu überrumpelt. Zu unerfahren.

Ihr Schrei spornte den großen Vierbeiner zum Angriff an. Emma hatte keine Chance zu reagieren. Das dunkle Tier war mit einem Satz bei ihr, riss sie von den Beinen und grub seine scharfen Zähne in den Unterarm, den Emma gerade noch schützend vor ihr Gesicht nehmen konnte. Die Schmerzen, die in diesen Sekunden über sie hereinbrachen, waren schlimmer als alles, was sie bisher erlebt hatte. Es war beinahe, als ob sie ihren Arm ins Feuer halten würde und nicht wieder herausziehen könnte. Und nicht nur das. Die Kraft, mit der der Hund sich in ihren Arm verbiss, war immens. Schon spürte und glaubte sie auch wahrzunehmen, wie die Knochen brachen. Dann hörte sie nur noch ihre eigenen Schreie, bis es dunkel um sie herum wurde. Und still. Unheimlich still! Als ob die Schmerzen ihr die Sinne geraubt hätten. Nichts war da mehr.

Oder doch?

Ein Licht schien plötzlich gedämpft durch ihre geschlossenen Lider. Ein Schatten bewegte sich dort. Der Schatten eines Menschen.

Mein Bruder!, war der erste Gedanke, der sich über die in diesem Moment zurückkommenden Schmerzen hinwegsetzte. *Er hat mich gehört und die Bestie vertrieben.*

Wie sie sich täuschen sollte!

2. Juni 2013, 23.57 Uhr

»Kommt, meine Freunde! Kommt aus den Tiefen! Entfacht euer Feuer! Leuchtet ihm den Weg!« Beschwörend kroch das Flüstern über das Sumpfgebiet. »Bringt ihn mir her! Den Letzten! Dann werdet ihr endlich frei sein!«

Die Worte klangen wie Streicheleinheiten. Sie zogen wie

zarte Finger über die feuchte Oberfläche des großen Moores. Lockten. Und versprachen endlich die ersehnte Freiheit. Eine Freiheit, die den Sumpfgeistern seit 1563 verwehrt wurde. Dem Jahr ihrer Versklavung.

3. Juni 1513, 11.23 Uhr

»Nein!« Ein junger, kräftiger Mann schlug sich durch die im vollen Saft stehenden Büsche nahe dem Sumpfrand. »Was hast du gemacht?«, schrie er den noch immer knurrenden und am Arm des Kindes zerrenden Hund an. »Aus! Lass das!«, brüllte er. »Bist du übergeschnappt? Erst fällst du den Mann an! Jetzt das Mädchen!«

Der muskulöse Bursche griff sich in die Haare. Drehte die gepackten Strähnen in alle Richtungen. Riss sich sogar zwei Büschel aus, während er sich nervös ein Mal um die eigene Achse drehte. Seine panischen Augen huschten dabei hin und her und auf und ab.

Mit einer Hand fuhr er sich über das fettig schmutzige Gesicht. Nicht wissend, was er tun sollte. Was war mit dem Mädchen? War es tot? Hatte sein Hund es tatsächlich …

Dieses Mistvieh!

Angespannt atmete er schnell durch die Nase ein und wieder aus. Presste die bleichen Lippen aufeinander. Immer lauter rauschte das Blut in seinen Ohren, das sein beschleunigter Herzschlag rasant durch seine Adern pumpte.

Nein! Was hatte er getan? Was hatte der verdammte Köter angerichtet? Das arme Mädchen! Das arme, kleine Mädchen! Diese Bestie hatte sie getötet!

Das durfte nie wieder geschehen! Nie wieder!

»Es reicht mir mit dir!«, zischte der junge Mann plötzlich. Mit einer einzigen Bewegung langte er von hinten nach dem Kopf des Hundes, riss ihn mit aller Gewalt herum und damit auch von dem Kind herunter. Ein kurzes Winseln begleitete das Knacken des brechenden Halses, bevor der struppige Rüde schlaff zusammenbrach, der Bursche den toten Körper hochhob und ihn in das Sumpfgebiet hinein schleuderte.

Es dauerte keine drei Sekunden, bis der Morast ihn verschluckt hatte.

Geschockt sah der junge Mann zu, wie der Körper im Moor versank. Der Körper des Hundes, der so lange sein treuer Begleiter gewesen war. Er selbst hatte ihn gefangen, als er noch ein von der Mutter verlassener Welpe gewesen war. Er hatte ihn geliebt. So sehr geliebt.

»Warum hast du das getan?«, wimmerte er plötzlich. »Warum hast du sie totgebissen?« Er presste die bebenden Lippen aufeinander, als eine Träne über seine schmutzige Wange rann. Erst jetzt wurde ihm gewahr, was er selbst getan hatte. Er hatte ihn getötet! Eigenhändig! Seinen Gefährten! Seinen …

Eine Bewegung, die unerwartet am unteren Gesichtsfeld seines Blickwinkels bemerkbar wurde, zog seine Aufmerksamkeit auf sich. Das Mädchen! Das von Blut überströmte Mädchen regte sich. Konnte das sein? Konnte das wahrlich sein? Lebte sie noch?

Ein Husten bestätigte die in ihm aufsteigende Hoffnung. Das Kind lebte tatsächlich noch.

Sie lebte, während sein jahrelanger Begleiter den Tod durch seine eigene Hand gefunden hatte! In einer Kurzschlussaktion!

Warum hatte er das getan? Warum nur?

Noch während er tief ein- und ausatmend die Fäuste in aufsteigender Wut ballte, formte sich ein Gedanke in seinem überforderten Gehirn. Es war *ihre* Schuld. Wegen ihr hatte er seinen Hund getötet. Ihn dem Sumpf überlassen. Warum hatte sie das gemacht? Dieses kleine, hinterlistige Biest! Hätte sie sich nicht tot gestellt, wäre er nie in die Situation gekommen, die ihn zu dieser Handlung getrieben hatte.

Das würde sie büßen! Sie würde für ihr täuschendes Verhalten bezahlen. Ihretwegen hatte er …

Als das Mädchen den gesunden Arm bewegte, sich mit der Hand über die Augen wischte und diese plötzlich aufschlug, schoss ein anderer Gedanke durch seinen Kopf. Von einem Moment auf den anderen beherrschte er all sein Denken. Vergessen war der Tod seines Hundes. Vergessen die Schuldzuweisungen. Was, wenn das Mädchen ihm die Schuld an ihren Verletzungen gab? Was, wenn sie ihm und seiner Familie, die schon bald in den kleinen Ort, aus dem sie wohl stammte, ziehen wollten, die Zukunftspläne verbauen würde, indem sie ihn dieses Überfalls anklagte? Sie würden nie eine Chance haben, ihr Geschäft dort aufzubauen.

Und seine Familie! Man würde ihm die Schuld an diesem Scheitern geben. »Was hattest du dort auch zu suchen!«, würden sie ihm vorwerfen. »Warum musstest du dich hier herumtreiben?« Weil er die hübsche Rothaarige wiedersehen wollte. Die wundervolle junge Frau, die er vor einigen Wochen heimlich bis in dieses Dorf verfolgt hatte. Das würden sie aber nicht verstehen. Nicht gelten lassen. Alles wäre vorbei! Das durfte nicht geschehen! So weit durfte es nicht kommen!

Sie musste weg! Ja, sie musste weg! Musste sterben!

Ohne weiter darüber nachzudenken, stürzte er sich auf sie. Fest umklammerte er ihren zarten Hals. Noch bevor sie die Augen erschrocken aufreißen und den Mund öffnen konnte, um nach Hilfe zu rufen, drückte er zu. Mit aller Gewalt.

Es dauerte nicht lange, bis die letzten unkoordinierten Zuckungen des dünnen Kindes abebbten und der nun wirklich tote Körper schlaff auf dem von ihrem eigenen Blut getränkten Boden lag. Jetzt musste er ihn nur noch loswerden!

Wie den Körper seines Hundes zuvor, so hob er auch das Mädchen einfach hoch und schleuderte es in die Richtung, in der auch sein Gefährte sein ewiges Grab gefunden hatte.

Noch während er zusah, wie das Moor das Kind verschluckte, spürte er die ersten Tropfen auf seiner Haut. Einen leichten Regen, der schnell zu einem Wolkenbruch wurde. Er wusch das Blut des Mädchens einfach hinfort. Als ob es nie da gewesen wäre.

3. Juni 2013, 00.39 Uhr

»Bitte, meine Freunde, helft mir noch ein einziges Mal!« Leise strich die liebliche Stimme über das Moor hinweg. »Nur noch dieses Mal. Dann seid ihr frei und ich kann endlich Frieden finden.« Ihr Flüstern klang, als ob sie darauf schon viel zu lange gewartet hätte. Als ob sie das Ende ihres Rachefeldzugs herbeigesehnt hätte. »Nur ein Mal noch. Dann ist es vorbei. Endlich vorbei. Für mich. Für euch. Und die männlichen Nachkommen des Mannes, der meinen Körper einst ermordet hat.« Als kaum mehr hörbares Echo glitten die letzten Worte sanft dahin. Sie überzeugten die beschworenen Geister des

Moores, ein letztes Mal die lockenden Lichter für sie zu entfachen. Lichter, die sichtbar wurden, sobald sie an die Oberfläche stiegen. Es war der schwache Schein ihrer Seelen, der im Dunkeln flackerte.

Jedes Licht steht für einen Menschen oder ein Tier, der oder das einst in den Sümpfen versunken und ertrunken ist. Ihren Seelen ist es nicht möglich, sich aus dem dunklen, nassen Grab zu befreien. Sie können wohl die Oberfläche erreichen und dort umherwandern, doch können sie niemals ihren morastigen Gräbern entfliehen. Sie sind für alle Zeiten im Sumpf gefangen.

Seelen jedoch, deren Körper nicht durch einen Unfall, sondern durch eine Gewalttat im Sumpf versank, ist es möglich, diesem Schicksal zu entfliehen, wenn es ihnen gelingt, die Blutlinie ihres Mörders auszurotten. Mithilfe der für immer gefangenen Seelen, die als sogenannte Irrlichter den Ermordeten als Lockmittel dienen. Leider schaffen es die Wenigsten, der Blutlinie ihrer Mörder ein Ende zu setzen.

Emmas geschundene Seele hingegen war der Erlösung ganz nah. Die wenigen Nachfahren ihres Mörders, dessen Familie kurz nach ihrem Tod in den Ort gezogen war, hatten diesen nie verlassen. Bis auf einen. Und der war, wie der Zufall oder das Schicksal es wollte, zurückgekehrt. Dorthin, wo er als einziges Kind einer geborenen Müller heimlich zur Welt gekommen war.

»Der letzte männliche Müller!«, wiederholte die Stimme leise. »Dann ist es vorbei und ich kann diesem dunklen, nassen Grab endlich entfliehen.« Hoffnung schwang in diesen Worten. Aber auch Dankbarkeit. »Bringt ihn mir, meine Gefährten und Leidensgenossen! Dann seid ihr frei. Endlich frei und könnt zur Ruhe kommen.«

Noch während sie beschwörend die letzten Worte an die für immer im Sumpf gefangenen Seelen richtete, ließen sich die Ersten in Richtung Oberfläche gleiten, um dort ihr lockendes Licht zu verströmen.

3. Juni 2013, 02.25 Uhr

»Verdammt, ich kann nicht schlafen!« Ben schwang die Beine aus dem Bett. Leise, um seinen Kumpel, mit dem er sich den kleinen Raum des hiesigen Gasthauses teilte, nicht zu wecken, stand er auf und schlich an das einzige Fenster des Doppelzimmers. Es erlaubte einen Blick auf das riesige Moor, welches plötzlich aussah, als ob es beleuchtet wäre. An immer mehr Stellen flammte ein mehr oder minder großes Licht auf, das wie ein kleines Leuchtfeuer flackerte und sich sogar bewegte.

Ben kniff die Augen zusammen. Rieb sie sich und kniff sie erneut zusammen, um besser sehen zu können. Bildete er sich das nur ein, oder bewegten sich die unterschiedlich großen Lichter auf den Rand des Sumpfes zu, wo sie auf und ab tanzten, hin und her sprangen, als ob sie um Aufmerksamkeit ringen würden?

»Die Irrlichter«, entfuhr es Ben. »Ich glaub es nicht! Da sind sie!« So schnell und so leise er konnte, schlüpfte er in die Klamotten, die er noch gar nicht lange abgelegt hatte. Keine zwei Stunden war es her, seit er das Licht nach einem wahrlich langen Tag gelöscht hatte. Michael war sofort eingeschlafen. Ben hatte es an seinem Schnarchen gehört. Ein Schnarchen, das nicht der einzige Grund war, warum er nicht einschlafen konnte. Zu viel war ihm durch den Kopf geschossen. Zu viele Gedanken, die die heute aufgenommenen Informationen auf verschiedene Weise zu verknüpfen versuchten. Ben ahnte, dass er der Lösung des Rätsels ganz nahe war. Er fühlte es. War sicher, dass das Verschwinden der kleinen Emma mit den ständig auftretenden Todesfällen bei den Müllers zu tun hatte. Er konnte den letzten Knoten aber nicht entwirren. Irgendetwas fehlte. Es war die Verbindung zwischen dem Verschwinden des Mädchens und dem Auftauchen der Müllers kurze Zeit später.

Die Müllers!, schoss es Ben plötzlich durch den Kopf. *Gibt es vielleicht doch noch einen männlichen Nachkommen, von dem wir nichts wissen?*

Diese Lichter! Sie tanzten, als ob sie jemanden herbeilocken wollten.

Wie ferngesteuert griff Ben plötzlich nach seiner Jacke und schlich in Richtung Tür. Er musste raus! Musste wissen, wen sie zu sich winkten, um ihm vielleicht zu Hilfe kommen und den Fluch damit brechen zu können. Außerdem musste er dieses Phänomen von Nahem sehen. Musste wissen, was es mit diesen wandernden Lichtern auf sich hatte. Sie waren schön. Wunderschön. Und geheimnisvoll. Mysteriös. Nur eines davon wollte er aus der Nähe betrachten. Vielleicht ein Bild davon machen. Dann würde er …

Nichts mehr!

3. Juni 2013, 03.18 Uhr

500 Jahre nach ihrem gewaltsamen Tod war es Emma endlich möglich, ihrem Gefängnis zu entfliehen. Diesem dunklen, feuchten Ort, an dem kein Frieden möglich schien.

»Endlich!«, flüsterte sie, während sie fühlte, wie sich ihre Seele aus den Fängen des Sumpfes löste und die Oberfläche durchdrang. »Endlich frei! Es ist vollbracht!«

5. Juni 2013: Zeitungsartikel

In der Nacht des 3. Juni 2013 verschwand der Journalist Ben Koch spurlos im hiesigen Sumpfgebiet. Nach Aussagen seines Kollegen Michael Schreiner waren sie im Auftrag ihrer Zeitung zu Recherchezwecken im Ort gewesen. Warum der junge Mann mitten in der Nacht sein Hotelzimmer verlassen hat und sich in Richtung Sumpf begab, ist unklar. »Ich kann nicht mehr sagen, was genau mich geweckt hat«, erzählte uns Michael Schreiner. »Ich habe nur festgestellt, dass eine seltsam flackernde Helligkeit durch das Fenster hereindrang. Ich dachte erst, es würde irgendwo brennen. Als ich Ben wecken wollte, sah ich, dass sein Bett leer war. Um herauszufinden, was dort draußen leuchtete, guckte ich aus dem Fenster. Da erblickte ich nicht nur die Irrlichter, sondern auch Ben, der ihnen in den Sumpf folgte. Obwohl ich schnell reagierte und ihm hinterherlief, habe ich ihn aus den Augen verloren. Auch meine sofort angezettelte Suche nach ihm blieb erfolglos.« Und die Hoffnung, Ben Koch lebend im Moor ausfindig zu machen, schrumpft weiter mit jedem Tag, der ergebnislos verstreicht.

Kein Zurück!

»Das könnt ihr nicht tun!« Verzweifelt schrie der verurteilte Waldelf seine Richter an. »Ich habe nichts getan. Glaubt mir doch!« Die schlanke Gestalt, die sich auf den ersten Blick kaum von den Bäumen des Waldes abhob, obgleich sie kleiner war und ihr die Äste fehlten, wehrte sich so gut sie konnte.

Seine Peiniger aber waren zu stark. Kräftigere Wesen seiner Art hielten ihn an den dünnen Armen fest, während die Elfenrichter das gefällte Urteil vollstreckten. Mit einem Zauberspruch, der sehr lange nicht mehr benutzt worden war, formulierten sie den Bann. Es war eine fast in Vergessenheit geratene Strafe. Ein Fluch, der die älteste Waldelfin noch heute in Angst und Schrecken versetzte.

»Ihr dürft diesen Zauber nicht aussprechen! Ihr wisst nicht, womit ihr es zu tun habt«, warnte sie immer wieder.

Diesen Rat hatten die jeweiligen Richter des Waldvolkes bisher beherzigt.

»Vernichtet den Spruch! Der Bann bringt großes Unglück.« Die eindringlich geflüsterten Worte waren stets Grund genug gewesen, den sogenannten Baumbann nicht mehr auszusprechen.

Bis jetzt!

Den neu gewählten obersten Richter des Waldes kümmerte diese Warnung nicht. »Geschwätz!«, pflegte er schon vor seiner Wahl stets zu poltern, wenn die Sprache auf den alten Fluch fiel. War es wirklich nur Geschwätz? Er sollte es schon bald herausfinden.

Die verzweifelten Schreie des verurteilten Waldwesens wurden immer panischer. Seine sonst so sanfte Stimme verwandelte sich in ein schrilles Kreischen. Er konnte sich gegen seine starken Artgenossen einfach nicht wehren. Stur hielten sie ihn an seinem zukünftigen Platz.

»Glaubt mir doch endlich! Ich habe nie …« Er schaffte es nicht, den Satz zu beenden. Nur mehr krächzend drang seine Stimme aus seinem Mund. Die einsetzende Wirkung des Bannspruchs! Er spürte sie bereits!

Es begann in den Füßen. Es war, als ob diese taub werden würden. Dann wurden seine Beine immer schwerer. Binnen weniger Sekunden konnte er sie weder anheben noch überhaupt bewegen. Der gleiche Effekt stellte sich nur kurze Zeit später in seinen Händen und Armen ein, die von den großen Waldelfen an seine Seiten gepresst wurden. Er konnte nichts mehr tun, außer in den letzten Augenblicken, die ihm noch blieben, weiterhin zu versuchen, seine Unschuld zu beteuern.

Aussichtslose Mühen! Es war zu spät! Das Letzte, das sein schwindendes Bewusstsein streifte, war, wie sich seine Füße fest mit dem Waldboden vereinten. Dann begann die abschließende Phase, und sein ehemals schlanker, schöner Körper verwandelte sich in Holz.

Tyler bretterte mit seinem tarnfarbenen Quad den geschotterten Waldweg entlang. Es war eine Abkürzung, die sein Elternhaus direkt mit dem seiner Freundin verband. Er war gerade neunzehn geworden und hatte das Geländefahrzeug zum Geburtstag geschenkt bekommen. Seitdem machte er damit die Gegend unsicher. Er musste zwar versprechen, nicht die Waldwege damit zu befahren, geschweige denn querfeldein durch den Wald zu rasen, doch heute hatte er es eilig.

Tyler war an den zwei kleinen Fischweihern bereits vorbei, die sich rechts und links an den Weg schmiegten. Sie zeigten ihm, dass er etwa die Hälfte der Strecke hinter sich hatte. Als er auch die neu in Stein gefasste Quelle passiert hatte, die die Weiher konstant mit frischem Wasser versorgte, bremste er plötzlich hart ab.

»Was ist das?«, murmelte er irritiert, schaltete den Motor aus, nahm den Helm ab und schwang sich von der Geländemaschine. »Seit wann steht der denn da?« Verwirrt legte er den Helm auf dem Sitz ab und schlich auf das Gebilde zu, das er neben dem Weg entdeckt hatte. Ungläubig verzog er das Gesicht und hob die Augenbrauen. »Spinn ich?« Er nahm den schmalen Graben, der den geschotterten Weg von den Büschen und Bäumen zu beiden Seiten abgrenzte, mit einem Sprung. »Wo kommst du auf einmal her?« Tyler machte noch einen Schritt auf den seltsamen Baumstamm zu, der in etwa seine Größe hatte. Gestern war er noch nicht da gewesen. Das wusste er sicher! Mit einem Finger deutete er auf den aufrechten Stamm, dem die Krone fehlte, und begann, den merkwürdigen Stumpf zu umrunden.

»Was zum Teufel ist das?« Tyler sah sich den Stamm von allen Seiten an und stellte sich sogar auf die Zehenspitzen, um herauszufinden, ob der Baum vielleicht beim letzten Sturm abgeknickt sein könnte.

Was er dort sah, verwirrte ihn noch mehr. Es gab keinerlei Verletzungen irgendeiner Art. Das ganze Gebilde wirkte, als sei es genau so gewachsen. Als ob der bizarre Stamm einfach aufgehört hatte, sich zu entwickeln! Es gab keine Krone! Keine Äste! Kein brüchiges Holz. Konnte das Ding vielleicht schon vor Jahren abgebrochen sein und die Rinde hatte im Laufe der Zeit die unregelmäßige Bruchstelle wieder überzogen?

Unmöglich! Tyler hätte jeden Eid geschworen, dass er diesen seltsamen Stamm noch nie vorher hier gesehen hatte. Auch sonst nirgends! Er gehörte nicht hierher!

In seinem Kopf begann es zu arbeiten, während er einen Schritt zurücktrat. Je länger er den mysteriösen Stamm betrachtete, desto mehr hatte er das Gefühl, als ob die graubraune Rinde etwas umschließen würde. Bildete er sich das nur ein, oder war hier tatsächlich etwas Unheimliches im Gange? Er kannte diesen Wald. Diesen Weg. Er kannte jeden Baum. Jeden Strauch. Doch diese Stelle war nicht mehr die, an die er sich erinnerte. Das war so sicher, wie er wusste, dass er Tyler hieß, hier aufgewachsen war und nahezu täglich mit seinem Hund diesen Weg entlanglief.

Wo kam das Ding also plötzlich her? Und warum sah es bei genauerer Betrachtung irgendwie menschlich aus? Die Beine wirkten zwar verdreht und zusammengewachsen, waren aber zu identifizieren. Auch die Arme, die mit dem Rumpf verschmolzen schienen. Einzig der Kopf war nur mit sehr viel Fantasie als solcher zu erkennen. Dennoch konnte man, wenn man genau hinsah, Gesichtszüge erahnen. Vor allem einen weit aufgerissenen Mund.

Tyler trat wieder einen Schritt näher. Langsam streckte er eine Hand nach dem Baumstumpf aus. Vorsichtig, als ob er einen elektrischen Schlag oder eine andere Unannehmlichkeit erwarten würde, legte er seine Fingerspitzen an die Rinde. Nichts geschah. Der Stamm fühlte sich an, wie er sich anfühlen sollte. Wie ganz feines Schleifpapier. Was hatte er erwartet?

Je länger er das komische Gebilde anstarrte, desto kälter wurden die Schauder, die über seinen Rücken liefen. Die ganze Situation verursachte ihm Gänsehaut.

Den muss ich Vater zeigen!«, murmelte Tyler und wollte keine Zeit mehr verlieren. Er erstarrte in dem Moment, in dem er sich zu seinem Gefährt umdrehte. »Wo ist mein Quad?« Erschrocken sprang er über den Graben und drehte sich auf dem Schotterweg hektisch in alle Richtungen. Das Quad war nirgends zu sehen.

»Das gibt's doch nicht!« Erneut drehte er sich um die eigene Achse. »Es war doch eben noch da!«

Ausgeschlossen, dass es jemand geklaut hatte! Er hätte es gehört, wenn sich jemand an dem Fahrzeug zu schaffen gemacht hätte. Selbst wenn es fortgeschoben worden wäre, hätte er das mit Sicherheit mitbekommen.

Tyler rannte ein Stück in die Richtung, aus der er gekommen war, um in die Kurve zu spähen, hinter deren Biegung er sonst nicht hätte sehen können. Vielleicht hatte sich ja doch irgendjemand einen Scherz mit ihm erlaubt. Einen verdammt schlechten Scherz, über den er ganz und gar nicht lachen konnte.

Kein Quad war dort zu sehen. Nur ein geradeaus verlaufender, geschotterter Waldweg, der etwas anstieg. Er wollte schon kehrtmachen, als ihn die Erkenntnis wie ein Hammerschlag traf. Der Weg hätte nicht nur ebenerdig sein sollen, sondern auch in eine leichte Linkskurve münden müssen. Tyler glaubte, seinen Augen nicht mehr zu trauen. Erst dieser seltsame Baumstumpf und jetzt das hier! War er auf dem besten Weg, verrückt zu werden? Was, um Himmels willen, war hier los?

In seinem Kopf drehte sich alles. Der Gedanke, dass all das hier gar nicht sein konnte, gemischt mit aufsteigender Angst, ließ seine Hand instinktiv zu seiner Stirn wandern.

Fest presste er die Augenlider zusammen, in der Hoffnung, dass der Wald wieder der sein würde, den er von klein auf kannte, wenn er sie wieder öffnete.

Er wurde enttäuscht!

»Verdammt! Das hätte uns nicht passieren dürfen!« Eiligen Schrittes liefen die Elfenrichter auf den Verurteilten zu. Sie mussten den Zauber rückgängig machen! Sofort! »Wenn wir gewusst hätten, dass der Bann ein Portal in eine andere Welt erschafft, hätten wir ihn nie ausgesprochen. Hoffentlich ist noch kein Lebewesen von der anderen Seite hier eingedrungen.«

»Ach was!«, winkte der oberste Richter barsch ab.

»Sei dir da nicht so sicher, Davo«, sagte der andere. »Manchmal genügen ein paar Minuten, und die Katastrophe nimmt ihren Lauf. Lasst uns hoffen, dass wir uns nicht der Vernichtung ausgesetzt haben. Stellt euch vor, wenn unser unüberlegtes Handeln tatsächlich das Aus für unsere Welt bedeuten würde!«

»Wenn dem so wäre, würden wir jetzt auch nichts mehr dran ändern können, Hago!«, warf der oberste Richter ein. Die Tatsache, dass die Aussprache des Baumbanns ihre Welt vielleicht zerstören könnte, schien ihm nicht viel auszumachen. »Außerdem ist die Gefahr ziemlich klein, dass überhaupt etwas in diesen wenigen Minuten durch das Portal in unsere Welt kommt.«

»Das glaubst du!«, ergriff der erste Sprecher wieder das Wort. »Selbst wenn die Gefahr nicht groß ist, das Risiko, dem wir unsere Welt ausgesetzt haben, ist immens. Nicht auszudenken, wenn wirklich …«

»Jetzt ritze nicht gleich das Schlimmste in die Rinde, Muno!«, meckerte der höchste Richter. »Hätte unsere Älteste den Mund aufgemacht und nicht immer nur Warnungen von sich gegeben, die kaum einer mehr ernst nimmt, hätte ich den Baumbann auch nicht angeordnet. So würde sie sogar eine Mitschuld tragen, wenn ...«

»Hör auf, sie mit hineinzuziehen!«, fuhr Hago den obersten Richter an. »Weißt du, was sie durchgemacht hat? Kannst du nachvollziehen, was damals passiert ist, als dieser Bann das letzte Mal angewendet wurde? Wir alle waren noch nicht auf der Welt und können es nicht wissen.«

»Wir können von Glück reden, dass unsere Älteste es mitbekommen hat, als wir den Baumbann ausgesprochen haben, weil sie uns gefolgt ist. Und warum?« Muno beantwortete seine Frage gleich selbst. »Weil sie dir nicht vertraut, Davo!«

»Ach, ich glaube nicht an diese Nebenwirkungen. Die Alte übertreibt.«

»Ob du an ihre Ausführungen glaubst oder nicht, das Risiko ist zu groß. Wir können es nicht drauf ankommen lassen. Ich jedenfalls möchte nicht für den Untergang unserer Welt verantwortlich sein.« Muno schüttelte den Kopf, als ob er den Gedanken damit verjagen wollte. »Lasst uns den Bann wieder aufheben und hoffen, dass es noch nicht zu spät ist.«

Kurz bevor die Elfenrichter am Baumportal eintrafen, um den Spruch für die Entbannung zu formulieren, rannte Tyler an dem Stumpf vorbei in Richtung seines Elternhauses. Er sah deshalb die seltsamen Wesen nicht, die wie eine Kreuzung aus Mensch und Baumstamm wirkten. Unauffällig passten sie sich der Waldlandschaft an, weil ihre Haut wie Rinde aussah.

Ob er die drei Figuren registriert hätte, wenn er nur wenige Sekunden später an dieser Stelle vorbeigekommen wäre, war aufgrund der in seinem Kopf herrschenden Verwirrung auch fraglich. Das verschwundene Quad und die veränderte Waldlandschaft ließen Tyler an seinem Verstand zweifeln. Er bemerkte kaum, was um ihn herum vorging. Sein Blick war starr auf den Schotterweg gerichtet.

Und der veränderte sich zu seinem Entsetzen auch immer mehr! Woher aber hätte Tyler wissen sollen, dass ihn die Berührung des Baumstumpfes – eines Portals, geschaffen durch den Baumbann – in eine parallele Welt transportieren würde, aus der es in wenigen Sekunden kein Zurück mehr geben würde?

»Was ist damals geschehen?« Ein junger Waldelf setzte sich neben die Dorfälteste und schlang seinen dünnen Arm um ihre schmalen, hängenden Schultern. Er hatte die Unterhaltung zwischen ihr und den Richtern mit angehört. Sie machte ihm Angst. »Was passiert, wenn ein Wesen aus dieser anderen Welt unseren Wald betritt?«

»Es vergiftet sie mit jedem Schritt, den es tut«, antwortete die Alte flüsternd. Ihre Stimme klang brüchig ob der Erinnerung. »Diese giftigen Stellen bringen den Tod. Und sie breiten sich aus. Sie werden immer größer. Dann gehen sie ineinander über und werden noch größer. Wenn sie unser Dorf erreichen, müssen wir fliehen. Es wird uns aber nichts nützen, weil sie uns einholen werden.« Sie senkte den Kopf, schüttelte ihn träge und seufzte: »Wir können von Glück reden, dass wir es damals stoppen konnten.«

»Wie?« Der junge Waldelf wirkte geschockt, aber auch

neugierig.

»Wir haben das kleine, rötliche Wesen mit einem buschigen Schwanz, das so plötzlich aufgetaucht war und in dessen Spuren sich der Tod ausbreitete, verfolgt und aus Angst getötet. So wurde eine weitere Ausbreitung der Vergiftung verhindert, und die bereits befallenen Stellen erholten sich wieder. Das hat aber viele, viele Jahre gedauert.« Die alte, gebrechliche Waldelfin schloss die Augen. »So etwas darf nie wieder geschehen. Nie wieder!«

Der kleine Waldelf nickte zustimmend, hatte aber noch eine letzte Frage. »Warum erschafft der Baumbann ein Tor in eine andere Welt?«

»Das wissen wir nicht genau. Die Überlieferung ist sehr bruchstückhaft. Es heißt, dass ein weiser alter Elf vor vielen hundert Jahren einst per Zufall, als er neue Zaubersprüche kreierte, den Baumbann erschuf. Er konnte damals nicht ahnen, dass er damit ein Portal öffnete. Bis das Unglück passierte.« Die knorrig wirkende Älteste des Waldes atmete tief durch. »Es heißt, dass unsere Welt damals fast vollständig vernichtet worden wäre. Wir wussten aber nicht, warum, da es hier eine Lücke in der Überlieferung gibt. Wir hatten keinen Hinweis darauf, was die Katastrophe ausgelöst hatte, bis …«

»Bis ihr den Zauberspruch wieder entdeckt habt«, beendete der Junge den Satz. »Zum Glück konntet ihr das fremde Wesen damals töten. Und zum Glück wollen unsere Richter den Bann wieder aufheben. Das Tor ist deshalb nur kurze Zeit auf. Hoffen wir, dass sie schnell genug sind.«

»Ja, hoffen wir es!«, flüsterte die Alte. »Und dann müssen wir den Zauberspruch vernichten! Er ist einfach viel zu gefährlich.«

Ohne darauf zu achten, dass er längst außer Puste war, rannte Tyler den Schotterweg entlang, der ihn nach Hause führen sollte. Irgendetwas trug ihn vorwärts. Irgendetwas trieb ihn an, immer weiter zu rennen. Stur weiter! Ohne Pause!

Der ihm einst so vertraute Forst wirkte immer veränderter. Anstatt offener zu werden, wurde er immer dichter. Unheimlicher. Sein Elternhaus hätte längst in Sichtweite sein müssen. Stattdessen sah es aus, als ob der Wald kein Ende nehmen wollte. Als ob Tyler immer tiefer hineinrennen würde, obwohl der Pfad von einem Ende zum anderen verlief. Auch der Weg veränderte sich immer mehr. Er war schon seit einer Weile nicht mehr als der Schotterweg zu erkennen, der er hätte sein sollen. Er wurde immer schmaler. Immer verwachsener. Vor wenigen Metern waren die kleinen Steinchen einem überwucherten Waldboden gewichen, auf dem die verschiedensten Pflanzen wuchsen. Sogar kleine Bäumchen.

Erschöpft hielt Tyler an. Tief durchatmend stützte er die Hände auf die Knie.

»Verdammt! Wo bin ich hier? Ich kenne den Wald! Ich kenne diesen blöden Wald! Jeden Flecken. Jeden noch so kleinen Pfad. Warum ist plötzlich alles so anders?« Der Verzweiflung nahe atmete er ungewollt immer schneller. Panik stieg in ihm auf, als er bemerkte, wie spät es war. Die Sonne stand bereits sehr tief. Es würde nicht mehr lange dauern, bis sie völlig hinter den Bäumen verschwunden war und er im dunklen Wald zurückbleiben würde. Einem Wald, den er nicht mehr kannte. Der ihm völlig fremd war.

Es gab nur noch eine Möglichkeit. Er musste umkehren! Musste zurück! Dem Weg in die andere Richtung folgen! Auch wenn er dort ebenfalls einer anderen Landschaft begegnete als der, die er kannte. Und alles nur, weil er wegen dieses seltsamen Stumpfs angehalten hatte. Warum war er nicht einfach weitergefahren?

»Hey!«, rief Muno erschrocken und stieß einen Pfiff aus. Alarmiert ruderte er mit den dünnen Armen, um Hago zu sich zu winken.

Nachdem sie den entbannten Waldelfen ins Dorf zurückgeführt und vorerst eingesperrt hatten, wollten die beiden den Wald in der Nähe des ehemaligen Portals sicherheitshalber noch einmal durchforsten.

»Sie dir das an!« Muno stand in der Nähe des ehemaligen Tors auf dem Schotterweg. Zitternd deutete er auf eine dunkle Stelle vor sich auf den Steinen.

Keuchend eilte Hago zu ihm. »Was ist denn?« Er erstarrte mitten in der Bewegung, als er den schwarzen Fleck in der Größe eines Fußabdrucks sah. »Verdammt!« Er grapschte nach Munos Arm und versuchte, ihn von dort wegzuzerren. Er schaffte es nicht. Wie angewachsen verharrte der vor dem dunklen Mal, das langsam seine Form verlor und sich vergrößerte.

»Komm schon! Wir müssen ins Dorf! Ich glaube, wir haben ein Wesen aus der anderen Welt reingelassen!« Noch während Hago sprach, zeigten sich weitere dieser schwarzen Stellen. Wie Abdrücke von Schritten, die ein Unsichtbarer hinterließ. Sie führten in die Richtung ihres Dorfes und hatten schon beinahe die Kurve erreicht.

Obwohl Tyler schwer atmete und ziemlich erschöpft war, begann er wieder zu rennen. Er musste raus aus dem Wald! Er musste diesem Albtraum endlich entfliehen, der viel zu real war, um ihn wirklich als Traum abhaken zu können!

Die Anstrengung ließ sein Herz laut und heftig in der Brust hämmern. Es übertönte sogar die Geräusche um ihn herum. Tyler nahm sie sowieso nicht mehr wahr. Er rannte nur vorwärts. Als ob etwas Schreckliches, das er sich nicht genauer vorstellen mochte, hinter ihm her wäre.

Als er an der Stelle vorbeikam, an der er den mannshohen Baumstumpf entdeckt hatte, hielt er abrupt an. Er war nicht mehr da! Er war weg! Einfach weg! Als ob er nie da gewesen wäre! Hatte er sich den komischen Stamm nur eingebildet? Hatten ihm seine Augen einen Streich gespielt? Undenkbar! Er wusste, was er gesehen hatte. Genau dort!

Dort, wo der Boden sich schwarz verfärbt hatte. Doch nicht nur an der Stelle war er nun viel dunkler als vorher.

Ungläubig öffnete Tyler den Mund und klappte ihn wieder zu. Diese schwarzen Flecken! Sie waren vorhin noch nicht hier gewesen. Sie hatten sich, wie es aussah, genau dort gebildet, wo seine Schuhe den Boden berührt hatten, und sie verliefen in die Richtung, in die er zuerst gerannt war. Von dort führten sie beinahe auf demselben Weg wieder zurück – direkt auf ihn zu!

Erschrocken sprang er zur Seite, als sich ein dunkler Schuhabdruck nur wenige Zentimeter neben seinem linken Fuß zu formieren begann und sich ein weiterer bildete. Immer mehr Flecken zeigten sich auf dem Schotterweg. Aus dem Nichts kommend! Einfach die Steine auf dem Weg schwarz färbend! In Form seiner Turnschuhe.

Tyler konnte nicht nur jeden seiner bisherigen Schritte zurückverfolgen, bis die sich neu bildenden Flecken außer

Sichtweite waren. Er konnte auch genau erkennen, wie die älteren Flecken sich verformten und größer wurden. Doch das war längst nicht alles! Im größten Fleck begannen die verfärbten Steine zu verfallen wie Asche. Und diese Zerstörung breitete sich aus. Wie eine Säure, die alles zerfraß, was mit ihr in Berührung kam.

Völlig außer Atem erreichten Hago und Muno das Dorf, fanden aber noch genug Energie, um nach dem obersten Richter zu rufen.

Von der Panik in den Stimmen seiner Gehilfen aufgeschreckt, lief dieser sofort herbei. »Was brüllt ihr denn so?« Mit beschwichtigenden Bewegungen versuchte er, die beiden zur Ruhe zu bringen.

»Ein Wesen aus der anderen Welt!«, stieß Hago nach Atem ringend hervor. »Wir haben eins reingelassen!« Aufgeregt deutete er in die Richtung, aus der sie gekommen waren. »Da vorne!« Wieder schnappte er nach Luft. »Die ersten Zeichen der Vergiftung! Sieh selbst, Davo!«

Bevor der oberste Richter zu einer Antwort ansetzen konnte, vernahmen sie eine andere Stimme. Eine traurige Stimme. Eine Stimme, in der Bedauern schwang, aber auch Angst und Entsetzen ob der Erinnerung. »Es breitet sich aus in den Schritten des Wesens.« Die Dorfälteste hatte sich aus ihrer Hütte begeben und schleppte sich auf sie zu. »Wenn ihr den Schritten schnell folgt, könnt ihr das Wesen finden und einholen. Ihr müsst es töten, bevor es zu spät ist und die Vergiftung sich zu weit ausbreitet.«

Weg! Nichts wie weg von hier! Mit vor Entsetzen offenem Mund starrte Tyler auf die dunkle Zerstörung, die den Weg seiner Fußabdrücke nahm. Geschockt sprang er einen Schritt von dem sich ausbreitenden Tod zurück, als ein Vogel vom Himmel auf den größten schwarzen Klecks stürzte. Sein gefiederter kleiner Körper zersetzte sich binnen zwei Sekunden und verwandelte sich in Asche, die sich keinen Augenblick später noch weiter zu zerfressen begann.

In Tylers Kopf begann sich erneut alles zu drehen. Dieses schreckliche Bild! Der plötzlich so veränderte Wald! Alle Eindrücke der letzten Minuten tobten in seinem Gehirn. Wie ein sich immer schneller drehender Kinderkreisel, dessen Bilder auf der Außenseite anfangs noch zu erkennen sind, die sich aber immer mehr in eine verschwommene Fläche verwandeln. Diese ineinanderschwimmenden Bilder aller Ereignisse, die eigentlich unmöglich waren, bereiteten Tyler Kopfschmerzen. Ungläubig griff er sich an die Stirn und spornte sich selbst an, da die schwarzen Stellen immer größer wurden und immer schneller auf ihn zu kamen.

Zurück! Zurück zum Haus der Freundin!

Dieser Gedanke brachte ihn dazu, sich wieder in Bewegung zu setzen. Obgleich es unwahrscheinlich war, dass der Weg tatsächlich zum Haus seiner Freundin führte, trieb ihn ein winziger Hoffnungsschimmer an. Ein kleiner Funke! Er machte sich in seinem Gehirn breit und begann sogar, die furchteinflößenden schwarzen Flecken in den Hintergrund zu drängen.

»Wäre ich doch nur außenrum gefahren!«, schimpfte er, während er sich einem kleinen Hügel näherte, der eigentlich dort nicht hätte sein dürfen. Trotz seiner Atemlosigkeit legte er noch einen Zahn zu. Nicht nur so versuchte er den Schrecken, der sich in seinen Fußspuren ausbreitete, hinter sich zu lassen. Er wollte sich auch mit Gedanken ablenken, die alles ausblendeten, was in den letzten Minuten geschehen war. Es war unglaublich. Ein Traum wäre eine zu einfache Erklärung gewesen. Außerdem war er sicher, dass er nicht träumte!

Diese Sicherheit und die Sonne, die langsam hinter den Baumwipfeln verschwand, ließen die Panik in ihm verstärkt zurückkehren. Sein Herz schlug so laut und so fest, dass er keine anderen Geräusche mehr wahrnahm. Er wollte nur noch weg! Egal wohin!

So schnell er konnte, rannte er deshalb den kleinen Hügel hinauf. Hoffend, auf der anderen Seite Bekanntes zu sehen. Insgeheim aber glaubte er nicht daran. Nicht mehr.

Wo war er nur hingeraten? Und warum? Er wollte doch nur ...

Tyler stoppte auf der Spitze des Hügels so unvermittelt, dass er beinahe vornüber gefallen wäre. Was er von dort zu sehen bekam, übertraf all seine Erwartungen oder auch Befürchtungen und ließ seine Hoffnung binnen einer Sekunde auf den Nullpunkt sinken. Sollte der Schotterweg, den er kannte, eigentlich noch ein Stück durch den Wald führen, wand er sich jetzt auf der anderen Seite des Hügels in schmalen Serpentinen zu einer kleinen eingekesselten Mulde im Wald hinab.

Ungläubig öffnete Tyler den Mund. Kein Laut kam über seine Lippen. Er konnte nur entsetzt in das Tal hinabstarren, in dem sich ein kleines Dorf mit primitiv wirkenden Hütten aus Holz und Reisig zwischen die Bäume schmiegte, wo er Gestalten zu sehen glaubte, die dem seltsamen Baumstamm auf gewisse Art ähnelten.

Tyler kniff die vor Schrecken geweiteten Augen zusammen. Doch das Bild, das hier so fehl am Platze war wie er selbst, verschwand nicht, nachdem er sie wieder öffnete.

Verzweifelt sank er auf die Knie, schlug die Hände vor den Mund und starrte auf die Hütten, die schon kaum mehr Schatten warfen, weil die Sonne gerade hinter den Bäumen verschwand und nur noch wenig Licht spendete. So bemerkte er auch nicht, dass aus dem Gestrüpp hinter und neben ihm seltsame Wesen, ausgestattet mit einfachen, aber tödlichen Waffen, auf ihn zu schlichen.

»Tyler! Tyler, wo bist du?« Laut hallten die Rufe in dem dunklen Wald.

Es war beinahe Mitternacht. Vergeblich hatten Tylers Eltern in den letzten Stunden auf die Rückkehr ihres Sohnes gewartet. Zusammen mit Nachbarn und Freunden machten sie sich nun auf die Suche nach ihm. Sogar die freiwillige Feuerwehr hatten sie eingeschaltet.

»Tyler!«

Immer wieder riefen sie seinen Namen in der Hoffnung, ein Zeichen von ihm zu vernehmen. Obwohl ihre Stimmen des Nachts viel lauter klangen als am Tag, antworteten nur ein paar Eulen auf die Rufe, die von hin- und herzuckenden Taschenlampenstrahlen begleitet wurden. Sie schwenkten nach links und rechts, nach oben und unten, wechselten stetig suchend die Richtung, bis einer plötzlich starr nach vorne gerichtet blieb und sich ein kurzer Aufschrei unter die Rufe mischte. Nur wenige Meter vor einem der Suchtrupps stand das Quad. Verlassen. Mitten auf dem Schotterweg. Doch wo war Tyler?

Eilig näherten sich die Schritte dem Gefährt. Die Strahlen der Taschenlampen leuchteten die Umgebung ab.

»Tyler!« Die Rufe wurden immer dringlicher. Immer sorgenvoller. Sie konnten ihn nicht finden. Bekamen keine Antwort.

Sie sollten auch keine bekommen. Nie wieder!

Sie würden Tyler nicht finden. Der Junge würde verschwunden bleiben. Verschollen in einem Wald, der ihn auf Nimmerwiedersehen verschluckt hatte. Der ihn auch nie wieder freigeben würde.

Während auf der Erde im Laufe der folgenden Wochen die Hoffnung, Tyler lebend oder überhaupt wiederzufinden, auf den Nullpunkt sank, verfestigte sich die Gewissheit bei den Waldelfen, dass sie nie wieder derart in Gefahr geraten würden.

Die Elfenwelt war mit Tylers Tod vor der Zerstörung bewahrt worden, obgleich es noch Jahre dauern würde, bis die vergifteten Stellen sich wieder vollständig erholten. Da der gefährliche Bannspruch aber vernichtet worden war, konnte auch kein Portal mehr geöffnet werden. Ein Durchgang in eine andere Welt, das dem Tod Tür und Tor öffnete und nicht nur Tyler in das Reich der Waldelfen geführt, sondern auch einen kleinen, grünen Schmetterling auf die Erde transportiert hatte. Winzige, aber zerstörerische schwarze Fleckchen, kaum mit bloßem Auge erkennbar, breiteten sich vom Wald in Richtung Dorf für einige Minuten aus. Bis der todbringende Falter einer Traktorenwindschutzscheibe zum Opfer fiel.

Die Erde war gerettet vor der Vernichtung! Einer Vernichtung, die niemand hätte aufhalten können! Von der aber auch niemand je erfahren hatte.

Bis heute.

Die Wächter

Im Jahr 428 nach Christus

Schwach beleuchtete der abnehmende Mond das riesige Waldgebiet im Süden des Landes. Knorrige, alte Eichen und prächtige Buchen mischten sich hier mit stolzen, hohen Tannen und Fichten, die ihre Wipfel in die Höhe reckten, als ob sie einen Wettbewerb austragen wollten. Saftig grün strotzten ihre Blätter und Nadeln von dem Leben, das in ihnen herrschte. Wenn man genau hinsah, konnte man den Puls der Natur sogar sehen. Ein Puls, der die meiste Zeit über unsichtbar war. Unbemerkt pochte er tagein, tagaus in den Adern des Waldes. Nur ab und an war es möglich, ihn mit bloßem Auge zu erkennen.

    Wie heute Nacht! Heute erleuchtete er jeden Stamm, jeden Zweig, jeden Ast, jedes Blatt und jede Nadel mit jeder Sekunde, die verstrich. Als ob ein regelmäßiger Lichtimpuls die Bäume und all die anderen Pflanzen durchzucken würde. Und nicht nur die. Auch die Wurzeln leuchteten im Rhythmus des Herzschlags auf, der in dieser Nacht verstärkt durch das großflächige, von einer längeren Dürreperiode geplagte Gebiet hämmerte. Nur mehr schlaff waren die Blätter an den einst von Kraft erfüllten Ästen und Zweigen gegangen. Braun und trocken waren die Nadeln der massiven Tannen und Fichten gewesen. Viele davon bereits abgefallen. Als ob gewaltige Teile des Forstgebiets der anhaltenden Trockenheit und der immensen Hitze zum Opfer fallen würden.

    Bis zu jener Nacht!

Im Jahr 849 nach Christus

Geduckt schlich der junge Familienvater durch das Dickicht des großen Waldes nahe der kleinen Siedlung, deren Grundstein sein Großvater kurz vor seiner Geburt gelegt hatte. War es erst nur eine Hütte gewesen, die sich an einen schmalen Bachlauf schmiegte, folgten dieser bald weitere Behausungen sowie Scheunen und Ställe von Angehörigen und Freunden.

Binnen weniger Jahre wuchs so eine kleine Gemeinde heran, deren Bewohner genug Wasser aus dem Bach schöpfen konnten, um ihren Durst zu stillen, den des Viehs und des Gemüses in den gepflegten Beeten.

Einige gute Jahre zogen so durchs Land, bis eine lang andauernde Dürreperiode die ansässigen Familien in Sorge versetzte. Der lebensnotwendige Regen war seit vielen Wochen ausgeblieben. Die Sommerhitze tat ihr Übriges. Sie gefährdete nicht nur die anstehende Ernte, sondern auch das Vieh, das Fleisch für den Winter liefern sollte.

Obwohl der junge Familienvater wusste, dass auch die Tiere des Waldes unter diesen Bedingungen litten und daher rar geworden waren, wollte er sein Glück versuchen, um vielleicht ein Reh oder ein Wildschwein erlegen zu können.

Viel Hoffnung begleitete den Vater zweier kleiner Kinder nicht. Doch hatte er keine Wahl. Er musste es probieren! Seine vier Kühe wurden von Tag zu Tag magerer und schwächer. Sie konnten sich schon kaum mehr auf den Beinen halten. Ob er mit ihrem Fleisch seine Familie über die anstehenden harten, kalten Monate bringen konnte, war nicht nur fraglich, es war ausgeschlossen. Leider würde auch nur wenig Korn in den Speichern sein, wie auch Obst oder Sonstiges aus ihrem Anbau.

»Lieber Gott, mach, dass ich meine Frau und meine Kinder über den Winter kriege. Lass mir etwas vor den Bogen laufen. Bitte!« Die Worte des erst Dreiundzwanzigjährigen drangen leise flehend aus seinem Mund, während er sich vorsichtig weiter in den ebenfalls sehr unter dem Wassermangel leidenden Mischwald hineinbewegte. Er konnte es an den wenigen Früchten der Eichen und Buchen erkennen. Sie verdorrten an den bis vor kurzem noch kräftigen und von Saft strotzenden Ästen.

Mit einer Miene, die kaum Zuversicht zeigte, ließ er seinen Blick schweifen. Und erstarrte. Ein Geräusch. Ein knackender, trockener Zweig. Das kaum vernehmbare Rascheln von verwelktem Laub. Da bewegte sich etwas, das seine Aufmerksamkeit erregte.

Binnen zwei Sekunden begann sein Herz, schneller zu schlagen. War es das, was er hier anzutreffen hoffte? Er wünschte es sich so.

Tatsächlich. Nur wenige Meter entfernt schälte sich etwas aus dem Dickicht, das immer lichter wurde, je länger die Trockenheit anhielt. Erst war es nur ein Schatten, der sich undeutlich auf dem Waldboden der kleinen Senke formierte. Bis er Gestalt annahm und ein Geweih erkennbar wurde.

Der junge Mann verlor keine Zeit. Er legte an. Zielte. Und schoss.

Gegenwart

»Was hast du denn, Nevor?« Marcs Augen ruhten alarmiert auf seinem bulligen Rottweiler. So kannte er den riesigen

Rüden gar nicht. Er hatte ihn zu seinem elften Geburtstag geschenkt bekommen. Jetzt war er neunzehn. In diesen acht Jahren hatte der Hund natürlich ab und an die Zähne gefletscht und warnend geknurrt oder gebellt. Aber so hatte er das sonst unerschrocken wirkende Tier noch nie erlebt. Das leise Knurren! Das angedeutete Zähnefletschen! Das wollte nicht zu seiner Körperhaltung passen. Es war, als ob der Hund eine Gefahr witterte. Eine Gefahr, der er sich liebend gerne stellen würde und sich deshalb dazu hinreißen ließ, Drohgebärden von sich zu geben. Andererseits wurden diese überdeckt von einem bisher unbekannten Verhalten: Der Hund zeigte Angst.

Marc stoppte. Seine Alarmglocken schrillten. Lauter und lauter. Wenn Nevor drohte, obwohl er Angst zu haben schien, konnte das nur eins bedeuten: Dort lauerte immense Gefahr. Aber noch war der Beschützerinstinkt des Hundes größer als seine Angst.

Vorsichtig glitt Marcs Hand zu seinem Mobiltelefon, das er immer in der rechten hinteren Hosentasche bei sich trug. Nervös suchten seine Augen das nahe Umfeld ab. Konzentriert lauschte er den Geräuschen und versuchte, jedes einzelne zu orten und zu identifizieren. Er hörte aber nur das bedrohliche Knurren des Hundes.

Als ob der Wald den Atem anhalten würde, schoss es Marc durch den Kopf. Tatsächlich schien es, als hätten die Vögel ihr Gezwitscher eingestellt und der Wind aufgehört, mit den Blättern und Zweigen der Bäume zu spielen.

Was war nur los? Und warum hatte er hier plötzlich keinen Handyempfang mehr?

»Mist!«, entfuhr es Marc leise. Hatte er bis vor ein paar

Sekunden nur ein mulmiges Gefühl gehabt, hervorgerufen durch Nevors Verhalten, war es nun aufsteigende Nervosität gepaart mit wachsender Angst. Sie beschleunigte seinen Herzschlag. Ließ seinen Atem stoßweise kommen.

Langsam und mit immer weicher werdenden Knien schlich Marc einige Schritte auf Nevor zu. Er stoppte erstaunt, als der Hund von einer Sekunde auf die andere zu knurren aufhörte, sich hinsetzte, die vorher angespannt angelegten Ohren spitzte und Männchen machte.

»Sag mal, geht's noch?« Ungläubig schüttelte Marc den Kopf. »Was soll das denn?« Keinen Gedanken mehr an das seltsame Verhalten des Tieres verschwendend, stapfte er auf ihn zu. »Du hast einen gewaltigen Schaden im Oberstübchen!« Er deutete mit einem Finger auf den Rottweiler, bevor er neben dem Rüden in die Hocke ging, ihn umarmte und an sich drückte. »Hast du mir einen Schrecken …« *eingejagt*, wollte Marc sagen. Das letzte Wort blieb ihm im Hals stecken, als er den seltsamen Baumstamm sah.

Er kannte den Wald. So gut, wie andere jeden Winkel ihrer Heimatstadt kannten. Und Marc hätte seinen Verstand verwettet, dass dieses Ding gestern noch nicht da gewesen war. Es gehörte definitiv auch nicht hierher.

»Heiliger Himmel!« Verwirrt stand Marc auf, um sich den kuriosen Stamm genauer anzusehen. Er hatte den Durchmesser eines zusammengeklappten Zollstocks und etwa Marcs Größe. Die graugrüne Rinde wirkte nahezu glatt.

»Kann mich mal jemand kneifen? Das ist jetzt nicht wahr, oder?« In seinem Kopf begann es zu arbeiten, während er noch einen Schritt auf den etwas zu perfekt wirkenden Stumpf zuging. »Das ist ja wie in der Kurzgeschichte, die ich erst vorgestern gelesen habe. Wie hieß die doch gleich?« Stirnrunzelnd kramte er in seinem Gedächtnis. »*Kein Zurück!* Die war es.« Seine Gedanken überschlugen sich regelrecht, als er feststellte, dass der Baum – wie in der Geschichte beschrieben – weder gekappt noch abgebrochen sein konnte, da sein oberes Ende keinerlei Anzeichen davon aufwies. Er war schlicht so gewachsen. Allerdings war dieses Exemplar oben abgerundet. Als ob einem gekappten Baumstamm eine Halbkugel aufgesetzt und diese mit Rinde überzogen worden wäre.

»Das ist unmöglich!«, flüsterte Marc. Konfus trat er wieder einen Schritt zurück. »Ist an dieser Story vielleicht doch mehr dran als …« Erschrocken brach er ab, als er nur wenige Meter weiter noch so einen Stamm erblickte. Und noch einen! Und noch einen!

Ein Schauder lief ihm plötzlich über den Rücken.

Portale! Lauter Portale, die den Tod bringen!

In aufsteigender Panik rief er seinen Hund zu sich und begann, die Beine in die Hand zu nehmen. Er musste hier weg! Schnell!

Nur am Rande registrierte er, dass Nevor in Richtung des kerzengerade gewachsenen Baums ohne Krone versuchte, Pfötchen zu geben. Wie zum Abschied!

»Mein Sohn hat Angst vor Baumstümpfen, weil er eine Gutenachtgeschichte gelesen hat! Ich lach mich tot!«

»Das war keine Gutenachtgeschichte!« Marc zwickte seinem Vater verärgert in den Oberarm. Mit der anderen Hand zeigte er in Richtung Wald nördlich des Dorfes. Er war im Besitz seiner Familie, solange die Chronik zurückreichte. »Hör auf, dich über mich lustig zu machen! Ich kenne unseren

Wald so gut wie du. Und ich sage dir, dass diese Dinger gestern noch nicht da gewesen sind. Geh hin und überzeuge dich selbst!« Marc kniff die Augen zusammen und zwickte seinem grinsenden Vater erneut in den Arm. »Und nimm Nevor mit. Der hat sogar Männchen vor einem der Dinger gemacht, obwohl er es am liebsten erst zerfetzt hätte.«

Dass Nevor auch Angst gezeigt hatte, unterschlug Marc, ahnend, dass sein Vater ihn erst recht für verrückt halten würde.

»Hast du irgendwas geraucht, Junge? Oder bist du krank? Du halluzinierst doch!« Marcs Vater tippte ihm mit einem Finger an die Stirn, bevor er die flache Hand darauf legte. »Ja, die Temperatur scheint ein bisschen erhöht zu sein.«

»Hör doch auf!« Genervt schlug Marc seine Hand weg und wandte sich, Unterstützung suchend, an seinen Großvater. Stumm saß der vor dem Fenster, kaute nachdenklich auf seiner Unterlippe herum und blickte nach draußen in den Garten, obwohl die Sonne längst untergegangen war. Er wirkte abwesend.

»Glaubst du mir wenigstens, Opa?«

Die Stimme des Alten klang belegt und sein Tonfall auf seltsame Weise unheimlich, als er antwortete: »Ich glaube dir.«

Von einer Sekunde auf die andere hörten Marc und sein Vater auf, sich gegenseitig zu provozieren und zu zanken. Beide Augenpaare wanderten verwundert zu dem Grauhaarigen. Dessen Blick war stur in den dunklen Garten gerichtet.

»Ach komm, Hans! Du glaubst ihm dieses Märchen doch nicht wirklich?« Marcs Vater hob die Augenbrauen. »Stachel ihn nicht noch an. Der kann heute Nacht nicht schlafen vor lauter seltsamen Baumstümpfen, Portalen und schwarzen Flecken, in denen sich der Tod ausbreitet.« Erneut lachte er amüsiert. Er merkte erst, wie ernst es dem fast Neunzigjährigen war, als der sich zu ihm und Marc umdrehte.

Die folgenden Worte bestätigten, was sich in seinen Augen widerspiegelte: »Das ist kein Märchen, Peter.« Seine Aussage bekräftigend, schüttelte er den Kopf und flüsterte: »Baumstämme mit glatter, graugrüner Rinde und abgerundetem Kopf. Sie sehen aus, als ob sie nie eine Krone besessen hätten. Als ob nur ein Stamm gewachsen wäre, der über Nacht aus dem Boden geschossen ist. Und es gibt mehrere davon in regelmäßigen Abständen.«

»Ja«, bestätigte Marc. »Es ist zwar nicht ganz so wie in der Geschichte, aber die Ähnlichkeit ist so immens, dass das kein Zufall sein kann. Was sind das für Dinger? Du hast sie auch gesehen?«

»Nein!«, antwortete er. »Und mit der Geschichte haben die bestimmt nichts zu tun. Das ist Zufall. Das sind keine Portale. Es sind Wächter. Ich habe sie zwar noch nie gesehen, aber ich habe von ihnen gelesen.« Er stand auf, bedeutete den beiden, zu warten, und schlürfte aus dem Zimmer. Als er zurückkam, hielt er ein Exemplar der Dorfchronik in der Hand. »Lasst mich euch was vorlesen!«, sagte er, während er sich an den Tisch setzte und im Buch blätterte, bis er die Stelle gefunden hatte. *»Anno 1274 trug sich Seltsames zu im Walde nördlich des Örtchens. Obgleich niemand gesehen, was der Habermann in seinem Wald erblickte, fürchteten sich die Leut und wagten keinen Schritt mehr in das Gehölz. Graugrüne Baumstümpfe sich dort des Nachts verbreitet hatten. Und ein Werk des Leibhaftigen sie nur sein konnten. Viel Angst deshalb im*

Ort umher geschlichen ist. Bis der neugierige Sohn des Habermann mit großem Mut sich in das verfluchte Gehölz traute, dort aber nicht das Böse zu Gesicht bekommen hat. Denn nicht der Leibhaftige sei es, es wäre der ...« Hans hob den Kopf. Erwartungsvolle Blicke waren auf ihn gerichtet. »Hier ist leider das Ende während der Überlieferung verloren gegangen.« Entschuldigend hob er die Schultern. »Wie ihr wisst, werden alle bedeutenden Ereignisse in der Ortschronik festgehalten. Seit einer ganzen Weile schon werden aber nicht nur die Originalschriften bewahrt, sondern auch Abschriften davon gemacht, damit sich so ein Verlust nicht mehr wiederholen kann.« Er blätterte vom Anfang der Chronik bis fast in die Mitte. »Wie gut also, dass sich das seltsame Ereignis von 1274 nicht ganz vierhundert Jahre später wiederholt hat. Und wie gut, dass sich im Bericht von 1638 ein paar mehr Details finden.« Er verzog die faltigen, dünnen Lippen kurz zu einem Lächeln und begann zu lesen: »*Im Jahre 1638 entdeckte Karl Habermann in seinem großen Wald, der sich nach Norden erstreckt, seltsam anmutende Gewächse. Da diese Baumstämme ohne Krone am Tag zuvor noch nicht dort gestanden waren, begann der Karl schon an seinem Verstand zu zweifeln. Als ob die graugrünen Stümpfe während der Nacht aus dem Boden geschossen wären, standen sie in regelmäßigen Abständen um eine Senke, in der schon immer das weichste Moos im ganzen Umkreis gewachsen war. Die mannshohen, oben abgerundeten Stümpfe wirkten auf den Habermann wie die runden Pfeiler eines Zauns, die etwas einfrieden sollten. Waren diese Strünke an sich schon sehr seltsam, folgte einen Tag später ein noch eigenartigeres Ereignis. Als der Karl mit seinem Pferd durch den Wald ritt, um nach dem Rechten zu sehen, scheute sein Gaul gleich am ersten dieser komischen Gewächse. Das Tier stieg erschrocken auf die Hinterhufe. Der Karl konnte die Angst des Pferdes nicht nur in den weit aufgerissenen Augen sehen, sondern sie regelrecht spüren. Bis sich der Hengst urplötzlich beruhigte und den Kopf vor dem Stamm senkte, als ob er sich verbeugen wollte.«*

»Wie bei Nevor!«, warf Marc ein. »Ich hatte es vorhin nicht erwähnt, weil du mich schon als Verrückten abstempeln wolltest.« Diesmal kniff er seinen Vater, der wieder zu grinsen begann, in den Oberschenkel. »Nevor hat dieses Ding zwar angegiftet, aber gleichzeitig auch Angst davor gezeigt.« Er zuckte mit den Schultern. »Bis er plötzlich Männchen gemacht hat.« Marc wandte sich wieder zu seinem Großvater, der ihm mit der alten Chronik am Esszimmertisch gegenübersaß. »Was sind das für Dinger?«

»Das sind Wächter, mein Junge.« Erneut blätterte er in der Ortschronik ein paar Seiten um. »Und Beschützer«, fügte er hinzu, während er die Stelle suchte, die er vorlesen wollte. »Hört zu: *Obwohl den Männern des Dorfes unheimlich war in der Nähe der Stümpfe, versuchte einer, die unsichtbare Grenze, die die Stämme markierten, zu überschreiten. Er schaffte es nicht. Es war ihm nicht möglich, einen Fuß auf das Senkengebiet zu setzen. Irgendetwas hielt ihn zurück. Als ob eine nicht vernehmbare Kraft dem Eindringen entgegenwirkte. Dann hat niemand mehr den Wald betreten, bis der Habermann das Verschwinden der Stümpfe verkündete.«*

Hans klappte die Chronik in der Sekunde zu, in der Marc verwundert den Mund öffnete.

»Und weiter?« Enttäuscht verzog er das Gesicht. »Wieso sind das Wächter? Was beschützen oder bewachen sie?«

Erwartungsvoll und angespannt hielt er den Atem an. Sein Vater dagegen erhob sich amüsiert lachend und verließ kopfschüttelnd den Raum.

»Das Senkengebiet«, antwortete der Alte, als er weg war. »Du hast es gehört.«

»Warum?« Fragend blickte Marc seinen Großvater an. Noch hoffte er auf eine Erklärung. »Steht da nicht noch mehr?«

»In der offiziellen Chronik nicht«, deutete Hans lächelnd an. »Unser Vorfahr aber ist tatsächlich hinter das Geheimnis der Stümpfe gekommen. Er hat die unglaubliche Geschichte aufgeschrieben. Sie wurde innerhalb unserer Familie weitergegeben. Ich habe sie von meinem Großvater, weil der meinem Vater den nötigen Glauben nicht zugetraut hat. Wie ich es bei deinem Vater getan habe. Du hörst ja, wie er deinen Bericht ins Lächerliche zieht, ohne sich selbst in Bewegung zu setzen, um sich mit eigenen Augen von deinen Worten zu überzeugen. Er würde mir nicht glauben, wie mein Vater meinem Großvater nicht geglaubt hat, dass ein Vorfahre etwas Wunderbares in unserem Waldstück erlebt hat. Dein Vater ist, wie auch meiner, ein bodenständiger Mensch. Ein Realist. Wunder gab es nicht und gibt es nicht. Ebenso wenig gab und gibt es außergewöhnliche und unerklärliche Dinge, die ab und zu in unserem Waldstück vor sich gehen.« Er verzog die faltigen Lippen zu einem Lächeln, das entschuldigend aussah, bevor es sich veränderte und etwas transportierte, das Marc im ersten Moment nicht deuten konnte. War es Hoffnung? War es eine Art Bitten darum, dass es wahr sei? Als ob der alte Mann diesen Moment herbeigesehnt hätte, als ob er sich zeit seines Lebens gewünscht hätte, dass dies passiert.

»Da dein Vater nicht zugänglich für diese Begebenheiten ist und ich schon zu alt bin, um die Wahrheit weiterhin für mich zu behalten, sollst du die Geschichte jetzt erfahren.« Sein Blick wurde wieder ernst, als er in Richtung Fenster und in die Dunkelheit draußen wanderte. Der noch niedrig am Himmel stehende Halbmond schickte kaum Licht auf die Erde. »Ich bin so froh, dass ich das erleben darf, Marc. Nie hätte ich zu träumen gewagt, dass sich dieses wundervolle Ereignis zu meinen Lebzeiten wiederholen würde. Danke, dass du es uns erzählt hast. Und danke, dass du, anders als dein Vater, zugänglicher für das Übernatürliche bist. Für das Unerklärliche. Das, was eigentlich ein Geschenk für unsere Familie ist. Das wir schützen müssen.« Er drehte sich wieder zu seinem Enkel um, bevor er fragte: »Würdest du mich heute Nacht in den Wald begleiten?«

Obwohl erst Halbmond war, erleuchtete der Erdtrabant den kaum bewölkten Himmel plötzlich mit einer Intensität, die der aufgehenden Sonne hätte Konkurrenz machen können. Das kühl wirkende Licht des unförmigen Mondes drang sogar durch die Wipfel der hohen Kiefern und der wild durcheinanderwachsenden Laubbäume, während die dichten Zweige der Fichten und Tannen ihre Schatten über den geschotterten Waldweg warfen und bizarre Bilder und groteske Figuren auf die Steine zauberten.

Keiner sprach ein Wort. Seit die beiden den Wald betreten hatten, war die Unterhaltung über das, was sie zu sehen und zu erleben erwarteten, verstummt. Jeder hing angespannt seinen eigenen Gedanken nach, die sich, angestachelt durch die fantastisch anmutenden Aufzeichnungen von Karl Habermann aus dem Jahre 1638, Unglaubliches ausmalten.

Die Wächter beschützen die Senke, schwirrte es Marc durch den Kopf. *Sie behüten die Seele des Waldes, die dort inmitten des Mooses Gestalt angenommen hat, um dem dürr und trocken gewordenen Waldstück wieder neues Leben einzuhauchen.*

Karl hatte es gesehen. Er hatte mit eigenen Augen gesehen, wie der Geist des Waldes als kleines Bäumchen, in dem das pure Leben pulsierte, seine Energie über die Wurzeln an die umstehenden Gewächse weitergegeben hatte. Von diesen breitete sich die Lebensenergie immer weiter aus, bis sie auch den letzten Baum, den letzten Strauch und die letzte Flechte erreicht hatte. Dann verschwand der Geist wieder. Wie auch seine Beschützer. Zurück blieb ein Wald, der in neuem Glanz erstrahlte. Der, gestärkt durch die Energie seiner Seele, nach der lange anhaltenden Dürreperiode pure Erneuerung zeigte.

Wie in diesem Jahr, schoss es Marc durch den Kopf. Auch dieser Sommer war viel zu trocken. Der wenige Regen bisher genügte kaum, um die Bäche, Teiche und Seen ausreichend zu versorgen. Der Wasserstand wurde von Tag zu Tag niedriger. Einige Weiher mussten schon abgefischt werden, weil die vorwiegend darin lebenden Karpfen in dem brackigen Wasser zu ersticken drohten. Das Gras war braun. Die Ernte der Bauern schlecht. Noch lag ihre Hoffnung auf dem Mais, der mit wenig Regen auskam. Doch auch der vertrocknete bereits auf den Feldern. Selbst die Wälder litten unter der Hitze des Sommers. Besonders den Laubbäumen sah man an, dass ihnen das nötige Nass fehlte. Und nicht nur ihnen.

Sollte es tatsächlich wieder so weit sein? Würden er und

sein Großvater wirklich Zeugen eines Ereignisses werden, das sich nur wiederholte, wenn der Wald litt? Würden sie wahrhaftig den Geist des Waldes sehen können?

Marc wurde immer nervöser, je näher sie dem ersten Wächter kamen. Er fühlte, dass es seinem Großvater ähnlich erging. Und er war sicher, dass er sich die gleichen Fragen stellte: Werden die Beschützer uns passieren lassen, wie sie Karl Habermann die Grenze überschreiten ließen, während sie andere, wie in der offiziellen Chronik zu lesen war, daran hinderten, das Senkengebiet zu betreten? Werden auch wir Stimmen hören, die uns mitteilen, dass uns der Zutritt gewährt wird?

Angespannt hielt Marc den Atem an, als eine sich nur kurz vor den Mond geschobene Wolke das fahle Licht wieder freigab. Es fiel direkt durch zwei hohe Kieferkronen und beleuchtete den graugrünen, nun aber fast schwarz wirkenden Stumpf des ersten Wächters. Denjenigen, den Nevor angeknurrt hatte.

Jetzt ahnte Marc, warum der Hund sich so seltsam verhalten hatte. Er musste die Stimmen der Wächter vernommen haben! Hatten sie ihn zuerst noch verwirrt, hatte er ihnen später wohl nicht nur gehorcht, sondern ihnen auch Respekt gezollt. Wie das Pferd seines Vorfahren viele hundert Jahre vorher.

»Bereit?« Die leise Stimme seines Großvaters holte Marc aus den Gedanken.

Beide blieben stehen. Durchatmend wanderten ihre Blicke auf den ungewöhnlichen Stamm, der, vom kühlen Mondlicht angestrahlt, nicht weiter bedrohlich wirkte. Im Gegenteil.

»Bereit«, antwortete Marc ebenfalls flüsternd. Als Erster ging er vorsichtig weiter. Sein Großvater folgte ihm. Nicht ganz einen Meter vom Wächter entfernt schlängelte sich ein schmaler Trampelpfad in Richtung Senke.

Kaum hatte Marc den Schotterweg verlassen und den Pfad betreten, machte sich ein seltsames Gefühl in ihm breit. Ein dumpfer Druck in seinem Kopf veranlasste ihn, die Augen zu schließen. Jeden Moment erwartete er den stechenden Schmerz zu spüren, wie er ihn von plötzlich auftretenden Kopfschmerzen kannte. Er blieb aus. Stattdessen vernahm er Stimmen, die sich zum Teil überlagerten, weil sie aus verschiedenen Richtungen zu kommen schienen und wie ein Echo in seinem Kopf hin und her geworfen wurden.

»Marc Habermann«, sprachen sie zu ihm. »Zukünftiger Eigner unseres Waldes. Natur- und Tierfreund. Passiere!«

Ein schwaches, regelmäßig pulsierendes Leuchten, das vom Grund der Senke zu kommen schien, veranlasste Marc, wie auch seinen Großvater, dem als ehemaligem Besitzer der Zutritt ebenfalls gewährt wurde, langsam weiterzugehen. Je näher sie dem Rand der Senke kamen, der ihnen endlich den Blick auf den Geist des Waldes erlauben würde, desto aufgeregter wurden sie.

Obwohl sie es kaum mehr erwarten konnten, hielten sie einige Schritte vorher inne. Hätten sie es nicht getan, hätten sie vielleicht eines der Phänomene, die von Karl Habermann beschrieben wurden, übersehen, denn hier pulsierte etwas unter der Erde. Sie konnten die regelmäßigen, dumpfen Vibrationen zwar nicht spüren. Wenn man aber ganz genau hinsah, konnte man Lichtimpulse ausmachen, die direkt unter dem Waldboden durch das oberflächennahe Wurzelgeflecht schossen.

Es war fantastisch! Je länger die beiden das immer wiederkehrende Leuchten beobachteten, desto mehr sahen sie davon. Sie konnten es nicht mehr nur am Boden ausmachen. Sie konnten die Energie regelrecht in die Bäume und Sträucher fließen sehen. Bis in die kleinsten Äste und Zweige.

Wahnsinn! Marc wagte nicht, den Gedanken laut auszusprechen. Das war, als ob …

»Tretet doch näher!«

Eine tiefe, aber freundlich klingende Stimme, die vom Grund der Senke heraus zu ihnen sprach, riss Marc aus den Gedanken.

»Kommt!«

Sie gehorchten, ohne zu zögern. Als ob eine unsichtbare Kraft sie die letzten Schritte zum Rand ziehen würde.

Was sie dort sahen, überstieg alles, was sie sich in den letzten Stunden ausgemalt hatten. Mit angehaltenem Atem stiegen sie, den Blick nicht von der Seele des Waldes abwendend, langsam hinunter in die Senke.

Inmitten des ebenfalls dürren Mooses stand eine kleine, etwa einen halben Meter hohe, aber symmetrisch anmutende Tanne. Sie schillerte in allen Farben. Wie ein winziger, überschmückter Christbaum. Jede einzelne Nadel leuchtete aus ihrem Inneren heraus in einem anderen Farbton und erhellte den Senkengrund mit einem unbeschreiblichen Lichtspiel.

Fragen über Fragen überschlugen sich plötzlich in Marcs Kopf. Als er allen Mut zusammennehmen und es wagen wollte, eine zu stellen, vernahmen sie diese tiefe Stimme wieder.

Sie erzählte ihnen eine unglaubliche Geschichte: »Einst beherrschte ich alle Wälder dieses Planeten. Ich hegte sie und

ich heilte sie, wenn sie krank oder durch lange Dürren geschwächt waren. Seit vielen Jahrhunderten bleibt mir aber nur mehr dieses Waldstück.« Die Stimme hörte sich sehr traurig an. »Konnte ich mich einst in den großen, zusammenhängenden Wäldern durch das Wurzelwerk fortbewegen, machten es mir die Menschen durch ihre Ausbreitung und Abholzung im Laufe der Zeit immer schwerer. Immer weitere Strecken war ich gezwungen zu überwinden, sodass ich nicht nur eine angepasste Gestalt annehmen musste, um das große Wasser zu überqueren, sondern auch immer öfter an Land. So habe ich mich mal als Wal, mal als Hai, mal als Sardelle oder auch Krabbe im Wasser und über den Strand fortbewegt. An Land hier als Hirsch, als Hase oder Fuchs. Leider bin ich aufgrund der Verwandlung in ein Tier gewissen Risiken ausgeliefert, denn der geliehene Körper ist sterblich. Würde er mir während dieser Zeit genommen, könnte ich mich nie wieder verwandeln und mich auch nie wieder fortbewegen.« Der Waldgeist klang bedauernd, gleichzeitig aber auch verbittert. »Genau das ist 849 passiert. In den Anfangstagen eures Ortes hat mich ein junger Mann genau hier in der Senke erlegt, als ich mich als Hirsch fortbewegte. Seitdem bin ich an diesem Ort gefangen. Meine Seele sitzt hier fest. Es gibt keine Möglichkeit mehr, die Waldgrenze zu überwinden und die immer schneller sterbenden und verschwindenden Bäume überall auf der Welt zu retten. Ich kann nur noch euren Wald bewahren. Ihm über lange Dürren hinweghelfen und ihn widerstandsfähiger gegenüber den immer mehr werdenden Umweltgiften machen, wie ich es gerade tue. In ein paar Tagen wird er vor neuer Kraft strotzen, und ich werde mich mit meinen Wächtern wieder zurückziehen.«

»Warum die Wächter?«, platzte es aus Marc heraus.

»Weil ich mich materialisieren muss, um eine Stärkung oder Heilung zu vollziehen. Sie sollen verhindern, dass ich gefällt werde und mir damit die Energie entzogen wird. Es würde meinem endgültigen Tode gleichkommen, und ich könnte nicht einmal mehr dieses Stück Wald bewahren und schützen, das eure Familie in all den Jahrhunderten immer gut gepflegt hat. Als Dank dafür sollt ihr in ein paar Tagen dort, wo meine Wächter standen, nach Wurzeln graben. Sie werden jede Krankheit, die euch, eure Angehörigen oder eure Tiere plagen sollte, besiegen können.«

Drei Tage später kniete Marc vor einem unter großer Anspannung gegrabenen Loch im Waldboden. Dort, wo der erste der insgesamt zwölf Wächter gestanden hatte. Erleichtert stieß er den angehaltenen Atem aus, als er auf ein Wurzelstück starrte, das, wie die Seele des Waldes vor einigen Tagen, in allen nur erdenklichen Farben schimmerte.

»Danke!«, flüsterte Marc, als er das letzte Stück in den Transportkorb legte und sich mit einem freudig umhertollenden Nevor auf den Weg zu seiner vor einigen Wochen schwer erkrankten Mutter machte.

Der Fluch der Schwarzen Münze

Vor vielen hundert Jahren – niemand weiß mehr, wann genau – belegte eine Gottheit ein nahezu rundes, flaches Stück Gold mit einem schrecklichen Fluch.

Die Legende

Es geschah auf einer kleinen Insel. Sie lag kaum zweihundert Meter von einer größeren Insel entfernt, die ein einfaches Volk bewohnte. Die Menschen lebten in Frieden miteinander. Ihre primitiven Waffen nutzten sie lediglich, um sich und ihre Familien mit Fleisch und Fisch zu versorgen. In jeder Vollmondnacht opferten sie einen Teil der Beute ihrer Gottheit. Einem Wesen, das im Inneren des Vulkans auf dem kleinen Eiland beheimatet war. Dafür machte sich eine Gruppe von elf Männern mit einem Floß auf den Weg zur Insel, um ihre Opfergaben in den Feuerspeier zu werfen, damit der Götze friedvoll bliebe. Zehn verließen dort das Floß mit dem Fleisch und dem Fisch. Einer musste am Strand bleiben und Wache halten.

In jener schicksalhaften Nacht war das Los auf Mandu gefallen, einen jungen Mann, der das erste Mal mit zur Vulkaninsel fahren durfte. Enttäuscht fügte er sich anfangs in sein Schicksal, hoffend, dass er beim nächsten Mal dabei sein konnte. Seine immense Neugier aber und der unerträglich werdende Drang, diese zu befriedigen, brachten in dazu, seine Pflicht nach kurzem Zögern zu vernachlässigen.

Bis heute ist unklar, ob dieser Umstand dafür verantwortlich ist, dass man überhaupt vom Fluch der Schwarzen Münze weiß. Einer Münze, die im Grunde keine ist, sondern ein flaches Stück Gold, das die Form und Größe eines Geldstückes hat. Oder ob Mandus Pflichtvernachlässigung, die ihn erst in die verfängliche Lage brachte, der wahre Auslöser für den Fluch war.

Von wem und wo dieses seltsam glänzende Ding gefunden wurde, hatte Mandu nicht gesehen. Er war zu spät gekommen. Viel zu spät!

Neun der zehn Männer lagen blutüberströmt nicht weit voneinander entfernt auf dem felsigen Untergrund. Tot. Aufgespießt. Erstochen. Erschlagen.

Einer versuchte, schwer verletzt und mehr an der Schwelle des Todes als am Leben, auf ihn zuzurobben. Er schaffte es nicht, brach vor Mandus schreckweit aufgerissenen Augen zusammen. Seine ausgestreckte Faust öffnete sich, als er starb. Zum Vorschein kam etwas Glänzendes. Es rollte von der blutigen Handfläche auf den ebenfalls vom Blut gezeichneten steinigen Grund am Fuße des Vulkans und blieb in einer schmalen Spalte stecken.

Mandu kam nicht dazu, sich zu fragen, was passiert war. Zu schnell zog das glänzende Objekt seine Aufmerksamkeit auf sich. Als ob es ihn verzaubert hätte, schob er jeden Gedanken an die toten Männer beiseite und stürzte darauf zu.

Er schaffte nicht, es an sich zu nehmen. Ein plötzlich aufleuchtendes, grelles Licht blendete ihn. Es schmerzte in seinen Augen, als ob sie versengt wurden. Aufschreiend sackte er zusammen und presste sich schmerzgekrümmt die Hände vors Gesicht.

Dann vernahm er eine seltsam dunkle Stimme. Eine Stimme, die bedrohlich auf ihn wirkte. Die keine Widerworte duldete. Die nur die Stimme seiner Gottheit sein konnte. Was sie sagte, sollte er nie wieder vergessen. Er nicht und auch seine Nachkommen nicht.

»Ich verfluche diesen Gegenstand«, donnerte die Stimme auf ihn herab. Sie dröhnte in Mandus Ohren wie dumpfe Hammerschläge. »Ich verfluche ihn für die Ewigkeit. Er verursacht Neid. Streut Zwietracht. Hetzt euch Menschen gegeneinander auf. Bringt euch dazu, euch gegenseitig zu töten. Das soll nie wieder geschehen. Nie wieder!«, betonte der Gott des Vulkans. »Deshalb werde ich dich und deine Nachkommen dazu verpflichten, darauf zu achten, dass niemand mehr meine Insel betritt. Ihr sollt die Hüter dieses Eilands und des Fluchs sein, den ich gleich aussprechen werde. Genau hier, wo das glänzende Objekt liegt, soll es liegenbleiben. Für immer! Nichts und niemand soll es jemals wieder bewegen. Wenn doch, soll andauernde Finsternis über die Welt hereinbrechen. Sie soll das Licht verschlucken und jedes Lebewesen in einen ewigen Schlaf versetzen. Ein Schlaf, der nur verhindert werden kann, wenn das Objekt wieder in dieselbe Position gebracht wird. Bis zum nächsten vollen Mond.«

An Bord der Goldship – viele Jahre später

»Dass man heute vom Fluch der Schwarzen Münze weiß, ist einem der zahlreichen Nachkommen Mandus zu verdanken, der dafür sorgte, dass die Legende sich verbreitete. Er war wohl ein ziemliches Plappermaul und glaubte, die Warnung in die Welt hinaustragen zu müssen. Vielleicht sollten wir sagen: zum Glück! Ich habe die Münze nämlich vor zwei Jahren gefunden. Ich weiß, auf welcher Insel sie liegt. Ich habe sie gesehen in ihrem Spalt, den heute ein Tempel überdacht. Sie ist zwar aus Gold, wirkt aber dunkler.« Piratenkapitän Goldfather wühlte seine schmutzigen Finger durch seinen hellen, verfilzten Bart und kratzte sich am Kinn. »Daher stammt vermutlich die Bezeichnung *Schwarze* Münze.«

»Oder, weil sie rabenschwarze Nacht bringen kann«, vermutete der erst sechsjährige Goldson, Goldfathers einziges Kind. Sein junges, braun gebranntes Gesicht grinste verschmitzt.

»Kleiner Klugscheißer!« Goldfather gab ihm einen Klaps, durch den der Junge beinahe vom Stuhl kippte, der durch das Schwanken des Schiffes sowieso schon schaukelte. Kichernd grapschte er nach dem Arm seines Vaters und verhinderte dadurch die Bruchlandung.

»Das hast du von deiner Mutter. Die ist ebenso besserwisserisch.« Er zwinkerte dem Jungen zu. »Aber die Geschichte mit der Münze wusste ich besser. Es gibt sie. Und ich habe sie gefunden.«

»War sie denn nicht bewacht?«, fragte der Kleine. Er war seinem Vater wie aus dem Gesicht geschnitten.

»Doch!« Kapitän Goldfather zuckte mit den Schultern. »Die konnten es mit mir aber nicht aufnehmen.«

»Hast du sie getötet?«

»Nein. Ich dachte, ich lasse sie sicherheitshalber am Leben, falls sich der Fluch nicht, wie ich zunächst erwartet hatte, als Windei entpuppen sollte.«

»Gibt es den Fluch wirklich, Papa?« Die himmelblauen Augen des Jungen blickten skeptisch in das faltige, von Wind und Wetter gegerbte Gesicht des Vaters, das von buschigen, hellblonden Augenbrauen und dem dichten Vollbart beherrscht wurde, während sich sein Kopfhaar bereits zu lichten begann.

»Hm!« Goldfather kaute auf seiner aufgesprungenen Unterlippe und zwirbelte sich eine Bartsträhne um einen Finger. »Ja«, sagte er schließlich. »Es gibt ihn!« Tief einatmend lehnte er sich auf seinem Stuhl zurück und wuchtete die Füße auf die klebrige, unebene Tischfläche. »Ich weiß es, weil ich die Münze angehoben habe. Mutig, wie ich bin, und ungläubig, bis ich etwas mit eigenen Augen sehe, musste ich einfach wissen, was an dem Fluch dran ist.« Er beugte sich so weit in die Richtung seines Sohnes, wie es ihm möglich war mit den hochgelegten Beinen. »Glaub mir, mein Junge, der Fluch existiert. Kaum hatte ich die Münze aus dem Spalt gezogen, begann sich der Himmel zu verdunkeln.«

Zweiunddreißig Jahre nach dem Gespräch

Heftige Erdstöße erschütterten nachts die kleine Vulkaninsel. Sie grollten einen Teil der größeren Insel entlang und ließen selbst den Meeresboden erzittern. Die primitiven Häuser und Hütten an der Küste brachen binnen Sekunden in sich zusammen und begruben die friedlich schlafenden Bewohner unter sich.

Auch der Tempel auf dem kleinen Eiland schwankte kurz, hielt dem Beben aber stand, obwohl ein entwurzelter Baum auf sein Dach stürzte. Große Steine brachen aus dem felsigen Massiv des Vulkans und rumpelten in Richtung Strand. Aber auch ihre Gewalt verschonte den Tempel, der das Bett der Schwarzen Münze schützen sollte. Nicht aber die beiden anwesenden Hüter der Insel.

So konnte die zitternde Erde die Münze in Bewegung setzen und sie aus der Spalte katapultieren. Nur einen Augenblick später begann der Fluch, sich zu erfüllen. Irgendwo auf einer kleinen Insel, nicht weit von einer größeren entfernt.

Goldfather wusste sofort, was geschehen war, als die Sonne sich langsam, aber stetig immer mehr zu verfinstern begann. Es war, als ob sie an Leuchtkraft verlieren würde mit jedem Tag, der verging, mit jedem Morgen, der graute. Als ob jede Nacht ein bisschen von ihrer Helligkeit verschlucken und nicht wieder hergeben würde.

Vier Tage nach dem Erdbeben, das die kleine Insel und ihren größeren Nachbarn erschüttert hatte, schleppte sich Goldfather deshalb zu seinem Sohn hin, der eben von einem Raubzug zurückgekehrt war.

Dessen stolzes Lachen gefror auf seinem Gesicht. Die Bewegung, mit der er seinem Vorbild einen Teil der ergatterten Beute unter die Nase halten wollte, stoppte abrupt, als ob ihn etwas daran hindern würde, obwohl Goldfather ihn nur anblickte.

»Dein Gesichtsausdruck gefällt mir nicht, Vater.« Goldson ließ den nach vorne gestreckten Arm sinken. Mit ihm sanken eine mit Rubinen besetzte Kette und andere wertvolle Schmuckstücke sowie einige Goldmünzen dem vom Regen aufgeweichten Boden vor dem Ankerplatz der Goldship entgegen. »Was ist los? Ist etwas mit Mutter?«

»Nein!« Der jetzt nahezu glatzköpfige Alte sah seinen Sohn ernst an. Die Juwelen, die sonst seine trüb werdenden Augen zum Leuchten brachten, schien er nicht zu registrieren.

»Die Sonne, mein Junge! Sie verfinstert sich. Hast du es bemerkt?« Seine knorrige Hand deutete in den Himmel. »Der Fluch! Es ist der Fluch!« Mit einer Schnelligkeit, die Goldson seinem Vater nicht mehr zugetraut hatte, griff er nach seinem Unterarm. »Du musst gehen! Heute noch! Du hast nur etwas mehr als zwei Wochen bis zum nächsten Vollmond. Und bis zur Insel bist du fast zehn Tage unterwegs.«

»So ein Quatsch!« Goldson versuchte, sich mit einem Ruck aus dem festen Griff des alten Mannes zu befreien. Er schaffte es nicht. Er hatte dessen Kraft und seinen Willen unterschätzt. Das machte ihn stutzig. Trotzdem wollte er nicht an den Fluch glauben. Für ihn war er nicht mehr als der Inhalt einer, wie er zugeben musste, durchaus spannenden Geschichte.

»Kein Quatsch!« Goldfather deutete mit dem Zeigefinger der freien Hand auf seinen Sohn. »Du wirst es erleben. Du wirst es sehen. In ein paar Tagen wirst du Licht von Dunkelheit nicht mehr unterscheiden können, dann wird die Müdigkeit einsetzen. So ist es überliefert. Ich habe dir gesagt, dass ich selbst …«

»Du hast mir viel erzählt! Einige deiner Geschichten waren sogar wahr oder hatten zumindest einen wahren Kern.«

»Diese Geschichte ist auch wahr. Der Fluch ist echt. Du musst ihn aufhalten! Sonst werden wir alle einschlafen und sterben.«

»Vater!« Diesmal riss Goldson sich los. »Ich habe in den letzten Jahren immer getan, was du gesagt hast. Du hast mir stets die Schiffe empfohlen, die es am ehesten lohnt, zu entern und auszurauben. Du konntest mich aus Erfahrung so viel lehren. Du hast mich zu Schätzen geführt, von denen ich als

Junge immer geträumt habe. Aber, bitte, ich bin müde von der langen Reise. Verlange nicht von mir, jetzt etwas hinterherzujagen, was nicht greifbar ist wie eine schöne Kette oder ein wertvoller Ring.« Goldson bleckte die gelben Zähne, bevor er versuchte, sich an seinem Vater vorbeizudrängen. »Ich werde garantiert keinem angeblichen Fluch hinterhersegeln.« Er drehte sich noch einmal zu Goldfather um. »Ich habe es dir nie gesagt, weil ich weiß, wie überzeugt du davon bist, dass der Fluch existiert. Aber du hast dich getäuscht.« Er schüttelte den Kopf, der bereits kahl wurde, so wie einst der seines Vaters, als der in seinem Alter war. »Es hat sich damals bestimmt nur eine Wolke vor die Sonne geschoben.« Goldson sog tief die frische Meeresbrise in seine Lungen, während er über seinen geknickt dastehenden Vater hinweg seine Männer beobachtete. Froh, wieder zu Hause zu sein, erledigten sie ihre letzten Pflichten auf der Goldship, bevor auch sie mit ihrem Anteil der Beute von Bord und zu ihren Familien gehen würden.

»In ein paar Tagen wirst du mir glauben, mein Sohn!« Die Stimme seines Vaters drang leise an sein Ohr, als Goldfather gebückt an ihm vorbeischlich. »Dann wird es zu spät sein! Viel zu spät.«

»Hör auf, ein schlechtes Gewissen in mir heraufzubeschwören! Das funktioniert nicht, das weißt du genau.« Er hob einen schmutzigen Finger. »Sonst wäre ich nicht in deine Fußstapfen getreten und Pirat geworden. Ein viel erfolgreicherer und gefürchteterer Seeräuber als du, möchte ich hinzufügen.« Goldson schnaubte auf. »Und ich bin bodenständiger. Ich glaube nicht an Flüche. Das ist Schwachsinn. Ich glaube an Gold, Silber und Juwelen. An Reichtümer. An wundervollen Schmuck, den ich meiner Frau schenken kann. An hübsche Kleider für meine Tochter. An …«

»Glaubst du, Goldgirl wird dir verzeihen, wenn du den Fluch als Hirngespinst ihres Großvaters abstempelst und sie dadurch zum Tode verurteilst?«, unterbrach Goldfather ihn barsch. »Denk gut drüber nach! Was ist dir wichtiger? Kannst du wirklich mit ruhigem Gewissen heute Nacht schlafen? Was, wenn dein stures Abwinken das Schicksal deiner geliebten Tochter besiegelt? Dann wirst du jammern und sagen: Hätte ich doch …!« Die trüben, müden Augen des greisen Piraten suchten den Kontakt zu seinem Sohn. »Opfere diese Zeit. Tu es für sie! Ich werde dir auch, nach deiner Rückkehr, mein größtes Geheimnis verraten. Ich will dir offenbaren, wo du den größten aller Schätze finden kannst.«

»Es reicht jetzt!« Goldson packte seinen Vater an den Oberarmen und zog ihn zu sich heran. »Niemand hat den großen und sagenhaften Schatz des Sparoba je gefunden. Er ist eine Legende.« Verärgert kniff er die Augen zusammen. Die Falten darum wurden zu Furchen und ließen ihn viel älter wirken, als er war.

»Zum Teil stimmt das«, gab Goldfather zu. »Der Schatz des Sparoba ist nicht von materiellem Wert. Er ist dennoch viel wertvoller als alles andere. Wer ihn besitzt, ist …«

»Ja, ja!«, winkte Goldson ab. »Überredet. Du lässt mir doch keine Ruhe.«

Zehn Tage später

Nervös lief Goldson im Bugbereich des imposanten Segelschiffes auf und ab. Er trampelte von Steuerbord nach Backbord. Er richtete seine Adleraugen in alle Richtungen. Er beugte sich sogar so weit über den Bug und die wundervoll geschnitzte Galionsfigur – einem Totenkopf mit einer Goldmünze im geöffneten Mund – hinaus, dass er beinahe über Bord gegangen wäre. Nichts! Rein gar nichts! Nur Wasser. Überall Wasser. Ruhiges Wasser. Und doch gab es eine erkennbare Strömung, der das Schiff folgte, als ob es davon geleitet wurde. Wie sein Vater gesagt hatte.

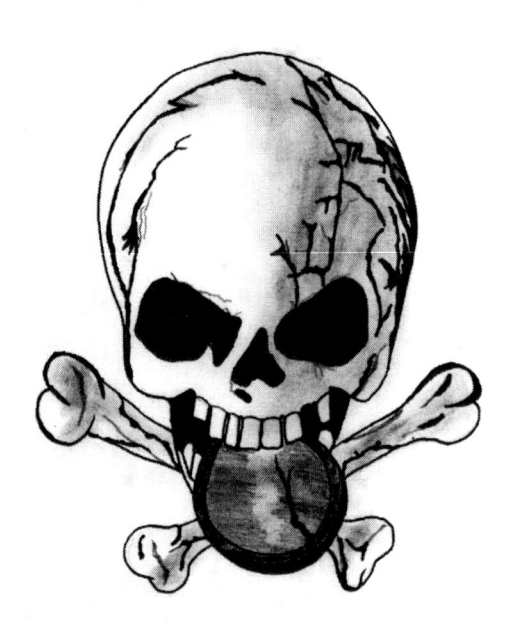

Alles stimmte bislang. Er hatte die Anweisungen Goldfathers genau befolgt, war zwischen den Zwillingsinseln hindurchgesegelt und direkt auf einen monströs aus dem Meer ragenden Felsen zugefahren, der wie ein Wegweiser in nordöstliche Richtung zeigte. Hatte daraufhin den Kurs geändert, um dem Wink des Felsens zu folgen. In ein Gebiet, das die Seefahrer normalerweise mieden. Es hielt tückische Strudel und starke, ständig die Richtung ändernde Strömungen bereit. Sie trieben selbst erfahrene Kapitäne an den Rand ihres Könnens. So manches Schiff war in diesem Bereich des Meeres gesunken. Als ob es etwas beschützen und jeden Eindringling, der versuchte, die unsichtbare Grenze zu überschreiten, daran hindern wollte, das Geheimnis zu lüften.

Goldson und seine Männer hatten es dennoch mithilfe von Goldfathers guter Erinnerung und seinen Tipps geschafft. Nicht nur ein Mal wäre die Goldship beinahe von einem Strudel erfasst und in die Tiefe gezogen oder durch die gefährlichen Strömungen in eine Havarie getrieben worden. Dann war das Meer plötzlich ruhig geworden, und die Strömung hatte das gebeutelte Schiff erfasst. Erst ganz sanft. Nun immer tragender. Leitend. Wie sein Vater vorhergesagt hatte.

Nicht nur der beschriebene Weg stimmte in allen Details mit seiner Geschichte überein. Auch die Sonne verfinsterte sich immer mehr. Es war, als ob sie jeden neuen Morgen an Leuchtkraft einbüßen würde. Nicht mehr lange und man würde den Tag nicht mehr von der Nacht unterscheiden können.

Dennoch hatte Goldson sich lange geweigert, an einen Fluch zu glauben. Im Gegensatz zu seiner Crew. Unter den Männern galt der Wahrheitsgehalt der Legende als gewiss.

Für sie existierte der Fluch. Daran gab es keinen Zweifel. Sie hofften nur, die Insel rechtzeitig zu finden, um dann ...

Ja, was dann? Was, wenn sie die verfluchte Münze nicht fanden?

Die Frage schwirrte wie ein düsteres Gespenst in allen Köpfen umher. Köpfen, denen es immer schwerer fiel, klar zu denken. Müdigkeit ergriff Besitz von den Männern, als ob ein unhörbares Wiegenlied sie in den Schlaf geleiten wollte. Das fehlende Licht störte ihre Sinne. Von Tag zu Tag war ihnen matter zumute. Sie fühlten sich ihrer Kräfte beraubt.

Auch Goldson spürte die Schläfrigkeit und musste zugeben, dass er seinem Vater unrecht getan hatte. Er hatte ihn nicht ernst genommen, ihm nicht geglaubt. Jetzt wusste er, dass er den größten Fehler seines Lebens begangen hätte, wenn er zu Hause geblieben wäre. Was hätte sein erbeuteter Reichtum ihm dann genutzt? Die Juwelen, das Gold und ...

»Die Insel!«

Goldsons Gedanken wurden von einer durch den anhaltenden Dunst dumpf dröhnenden Stimme unterbrochen.

Tatsächlich! Da vorne schälte sich der Umriss eines Eilands mit einer größeren Erhebung aus den Wolken, die den Horizont zusätzlich zum trüben Licht des Tages verschleierten.

Der Vulkan!

Wenig später sprang Goldson ins seichte Salzwasser. Es ergoss sich in seine abgetragenen Stiefel, die er jederzeit ersetzen könnte, die aber einfach zu ihm gehörten wie die schäbige, speckige Lederweste, die schon sein Vater auf seinen Raubzügen getragen hatte. Mit behäbigen Schritten watete er die letzten Meter dem Sandstrand der winzig wirkenden Insel entgegen, die der Vulkan dominierte. In der Hand hielt er eine Fackel, die flackernd die Umgebung erleuchtete.

Das gedämpfte Tageslicht war der Nacht gewichen, während die Strömung die Goldship in einem Bogen um die Insel herum geführt und an einer bestimmten Stelle zum Stillstand gebracht hatte. Zwei Boote waren daraufhin ins Wasser gelassen worden. Eines mit Goldson, seinem Steuermann und zwei weiteren Männern an Bord, steuerte die Vulkaninsel an. Die Männer auf dem anderen Boot sollten auf der größeren Insel nach Lebenszeichen suchen.

Die Frage, warum die Hüter der Schwarzen Münze die Erfüllung des Fluchs nicht verhinderten, irrte stetig durch Goldsons Gedanken. Eine zufriedenstellende Antwort aber ließ auf sich warten. Zu viele Möglichkeiten und noch mehr Argumente gegen jede mögliche Antwort. Und immer wieder die zweifelnden Überlegungen, die mit *Was wäre, wenn ...* begannen.

Sand klebte sich an Goldsons nasse Stiefel, als er seine Spuren am Strand hinterließ und geradewegs auf den Vulkan zustapfte.

»Du findest den Tempel, wenn du mit der großen Insel im Rücken auf den Vulkan zugehst«, hatte sein Vater gesagt. »Du kannst ihn nicht übersehen.«

Übersehen konnte Goldson auch die Zeichen der Verwüstung nicht. Umgeknickte, zum Teil komplett entwurzelte Bäume. Heruntergefallene Äste. Steine und Felsbrocken überall. Alles zerstreut, als ob nichts mehr an seinem Platz wäre.

Die Steine konnten noch nicht allzu lange dort liegen, wo

sie jetzt lagen. Unmöglich.

»Denkst du dasselbe wie ich?« Goldsons Steuermann schob sich neben den Kapitän. »Das war eine Naturgewalt. Ein Erdbeben. Womöglich hat sich der Vulkan geräuspert, sich aber entschlossen, doch nicht auszubrechen.«

»Oder *noch* nicht!« Goldson hob die buschigen, blonden Augenbrauen. »Was nicht ist, kann noch werden. Lasst uns nicht nur deshalb zusehen, dass wir den Tempel finden und dort hoffentlich auch die Münze.«

»Wenn es wirklich ein Erdbeben war, bin ich zuversichtlich.« Der Steuermann fuhr sich durch das zerzauste, fettige Haar und wischte sich die Hand an seiner nass gespritzten Hose ab.

»Ich auch«, gähnte Goldson, hielt seine Fackel höher und kniff die Augen zusammen. »Trotzdem verfluche ich diese Gottheit, die diese Münze verflucht hat.« Er musste zugeben, dass er zu lange an der Echtheit der Verwünschung gezweifelt hatte. Die Verdunkelung der Sonne! Die stetig weiter nach ihnen greifende Müdigkeit! Die Insel aus der überlieferten Legende! Der Tempel, dessen seltsam erscheinender Umriss sich im Licht der Fackel langsam aus dem Hintergrund erhob! Sie alle waren Zeugen des Fluchs aus der Vergangenheit, der sie nun einzuholen drohte.

»Da!« Auch Goldsons Steuermann hatte den Tempel entdeckt. Sein ausgestreckter Zeigefinger deutete zu dem Gebilde. Es war nicht sonderlich groß. Lediglich ein einfaches Gebäude mit einem flachen Dach. Die Bezeichnung *Tempel* war nicht nur übertrieben. Sie war immens geschönt. Der erste Eindruck war eher der einer massiven Lagerstätte für Korn, Stroh oder Ähnliches.

Goldson lief darauf zu, so schnell es ihm der nachgebende Sand unter seinen Füßen und später felsiger Untergrund ermöglichten. Sein Steuermann folgte ihm sofort. Die anderen stürzten, neugierig und voll Erwartungen, ebenfalls hinterher.

Am Tempel angekommen, wäre Goldson beinahe über die verwesenden Leichen der beiden Wächter gefallen. Zum Teil unter Felsgeröll begraben, lagen ihre Körper nahe dem Eingang. Sie hatten ihn nicht mehr erreicht.

Sein Steuermann sprach aus, was Goldson durch die Gehirnwindungen schoss: »Deshalb konnte der Fluch seinen Lauf nehmen. Sie hatten keine Chance gegen die Naturgewalt.« Er schüttelte den Kopf, während er den Blick über das Bild der Zerstörung schweifen ließ, soweit ihm dies im zuckenden Licht der Fackeln möglich war. Immer deutlicher kristallisierte sich heraus, dass ein Erdbeben hier gewütet hatte. Vibrationen, von denen sie in ihrer Heimat nichts mitbekommen hatten, die aber verantwortlich für die hereinbrechende Dunkelheit in ihrem Leben waren.

»Ihr wartet hier!« Goldsons Worte wirkten lauter als beabsichtigt.

Erst jetzt fiel ihnen auf, dass es nahezu still um sie herum war. Kein Geräusch war zu vernehmen. Kein Rascheln im Gebüsch. Keine Tierlaute. Auch das Rauschen des Meeres war kaum zu hören.

Die Ruhe vor dem Sturm! Vor dem Vulkanausbruch möglicherweise!

Während seine Männer alarmiert und mulmigen Gemüts in die um sie herrschende Dunkelheit starrten, atmete Goldson tief durch und trat über die Schwelle des einfachen, aber stabilen Gebäudes.

Wie erwartet, war der Tempel leer. Nichts gab es darin zu sehen. Nur festgetretene, trockene, staubige Erde.

Die Fackel in Goldsons Hand flackerte, als er in die Knie ging, um den Boden abzuleuchten. Da war er! Direkt in der Mitte des Raumes. Der Spalt, in dem die Schwarze Münze Goldfathers Worten nach hätte stecken sollen. Er war leer. Das Goldstück war nicht da!

»Verdammt!«, fluchte er vor sich hin. Verärgert und auch besorgt erhob er sich wieder und begann nervös, den Tempel abzuschreiten und in den Ecken nach dem runden Ding zu suchen. Nichts! Die Horrorszenarien, die sich sein Gehirn in den letzten Minuten ausgemalt hatte, meldeten sich aufdringlich zurück. Immer wieder hatte er sich gefragt, was geschähe, wenn sie nicht in der Nähe des Spaltes war, wo er sie vermutete. Sie hätten keine Chance, den Fluch aufzuheben, und würden trotz all ihrer Bemühungen sterben müssen.

Nachdenklich ließ er seine Augen ein weiteres Mal in alle Ecken wandern, während er auf seiner Unterlippe kaute, bis es schmerzte. Goldson nahm es gar nicht mehr wahr. Die Befürchtung, dass die Münze tatsächlich weg war, beherrschte in diesen Sekunden sein Denken, bis ihn ein Geistesblitz ereilte.

Draußen! Sie war bestimmt aus dem Tempel gerollt. Der Boden des Gebäudes schien ihm bei näherer Betrachtung leicht abschüssig zu sein. Ohne weiter darüber nachzudenken, stolperte er hinaus und rief nach seinen Männern. »Sie ist weg!« Sofort begann er, den Boden vor sich abzusuchen. »Helft mir!«, befahl er barsch. »Wir müssen sie finden!«

Die Männer gehorchten ohne Widerrede.

»Sie muss hier irgendwo sein!«, murmelte Goldson immer

wieder in der Hoffnung, dass seine Vermutung richtig war. Die Möglichkeit, mit seiner Annahme danebenzuliegen, wollte er nicht mehr in Betracht ziehen. Zu viel stand auf dem Spiel. Die Münze musste davongerollt sein. Es musste einfach so sein. Und sie würden sie deshalb finden. Ganz bestimmt! Sie mussten nur aufmerksam danach suchen.

Egal aber, wohin er seine Fackel gleiten ließ, er konnte sie nicht entdecken. Sie war nicht da! Sie war …

»Hier her!«, hörte er plötzlich seinen Steuermann schreien. »Ich glaube, ich habe sie gefunden!«

So schnell es Goldson möglich war, rannte er in die Richtung, aus der die Stimme kam. Die anderen taten es ihm gleich.

»Da!« Der Steuermann deutete auf eine der beiden Leichen der Hüter. »Sie liegt direkt am Fuß des Größeren.«

Aufgeregt hielt Goldson auch seine Fackel dort hin. Tatsächlich! Da lag sie! Dieses flache, nahezu runde Stück Edelmetall, das dunkler war als normales Gold.

Ein Grinsen huschte über sein Gesicht, als er auf die Knie sank und nach der Schwarzen Münze griff. Es zeigte Erleichterung. Pure Erleichterung. Und Freude.

Dann begann er plötzlich, laut zu lachen.

Wie eine sich ausbreitende Welle rollte das Lachen über die Insel hinweg, während Goldson sich erhob, die Münze zurück in Tempel trug und sie in den Spalt setzte.

Die abgetragenen Lieblingsstiefel neben sich, so lag Goldson am anderen Morgen ausgestreckt im Sand und ließ sich die nackten Füße von den seichten Wellen, die regelmäßig an Land schwappten, umspülen. Sie hatten es geschafft! Sie hatten es durch die tückische See zur Insel geschafft. Sie hatten den Tempel tatsächlich gefunden. Und hatten die Erfüllung des Fluchs sogar einige Tage vor dem dauerhaften Schlaf aller Geschöpfe auf der Erde verhindern können. Die sich intensivierende Leuchtkraft der Sonne bewies es ihm. Sie strahlte viel heller vom wolkenlosen Himmel als die Tage zuvor. Als ob sie die Freude am Scheinen zurückgewonnen hätte, lachte sie von oben auf die Welt herab und dankte es mit einer zur Erde geschickten Wärme, die nicht nur Goldsons braun gebrannte Wangen erhitzte.

»Wir sind fertig!« Der Steuermann ließ sich neben seinem Kapitän in den Sand fallen. »Auf und zurück durch die Strömungen und Strudel, damit wir der Welt mitteilen können, dass wir sie gerettet haben.«

»Genau!« Goldson richtete sich blinzelnd auf. Ein zufriedenes Grinsen entblößte seine gelben Zähne. »Jetzt steckt sie fest. Das habt ihr gut gemacht.«

Nachdem Goldson die Schwarze Münze wieder in ihrem Spalt versenkt hatte, wies er seine Männer an, bei Anbruch des Tageslichts, wenn man sich sicher sein könnte, dass der Fluch aufgehoben war, den Spalt mit Sand zu füllen und die Münze so zu fixieren. Außerdem sollte ein Felsbrocken das Goldstück in seinem Bett halten, sodass der Fluch nie wieder in Gang gesetzt werden konnte.

»Hoffen wir es. Nochmal möchte ich nicht hierher segeln müssen. Bin schon froh, wenn wir heil zurückkommen.« Der Steuermann zauberte eine angebrochene Flasche Rum hinter seinem Rücken hervor. »Um unsere Nerven für die Rückfahrt zu beruhigen, habe ich etwas mitgebracht.« Er reichte sie seinem Kapitän.

»Leider gibt es niemanden mehr, der ein Auge auf die Münze haben könnte. Sie sind alle tot auf der anderen Insel«, seufzte Goldson, sog die Luft zwischen den Zähnen ein und nahm einen kräftigen Schluck aus der Pulle. »Das macht mir Sorgen. Was, wenn …«

»Denk nicht mehr dran!« Der Steuermann winkte ab und nahm den Rum wieder an sich. »Wir haben das verfluchte Ding gut fixiert.«

»Und wenn der Vulkan doch ausbricht?«

Kurze Zeit später

Der Vulkan brach tatsächlich aus, knapp fünf Wochen, nachdem Goldson und seine Männer mit der Goldship davongesegelt waren. Die Massen aus Schutt, Geröll und auskühlender Lava begruben die Münze aber so unter sich, dass nichts oder niemand in der Lage war, sie jemals mehr zu bewegen. Noch heute ruht die Schwarze Münze irgendwo auf einer – mittlerweile bekannten – Insel. Wo genau, das wissen nicht einmal mehr Goldsons Nachkommen, die wohl die Geschichte kennen, aber mehr Wert auf den Schatz des Sparoba legen.

Der große Schatz, den Goldfather gefunden und seinem Sohn als Belohnung versprochen hatte. Er hatte Wort gehalten und Goldson den Schatz gezeigt. Den größten Schatz, den ein Mann je haben kann.

Mysteriös hatte Sparoba seinen Schatz beschrieben. Einen Schatz, der alles übertraf, was jemals an Gold und Juwelen gefunden worden war. Wer ihn finden würde, wäre reicher als der reichste Mann der Welt. Und doch bestand sein Schatz nicht aus wertvollen Gütern. Es gab keine Kiste mit glitzernden Steinen, mit Goldmünzen oder Perlen. Goldfather hatte recht! Er bestand nicht aus materiellen Dingen. Sein Schatz war viel wertvoller.

Goldson begriff es, als er in das lächelnde Gesicht von Goldgirl blickte. Sein Kind. Das Wertvollste, das er hatte und je haben würde.

War Sparobas größter Schatz seine Zwillingssöhne gewesen, so war es für Goldfather Goldson und für Goldson seine kleine Piratin Goldgirl.

Der feindlichen Übernahme entgangen

Platsch!
Immer wieder klatschten einzelne Wassertropfen auf den felsigen Untergrund. Das unregelmäßig auftretende Geräusch hallte seltsam in diesem Tunnel wider. Es klang, als würden die Wände den Ton hin und her werfen und auf diese Weise verstärken.

»Hört sich unheimlich an, findest du nicht?« Rita drehte sich zu ihrem Kumpel um. Obwohl sie flüsterte, wirkte ihre Stimme laut und fehl am Platz. Erschrocken zog sie den Kopf zwischen die Schultern. Ihr Begleiter folgte instinktiv diesem Beispiel.

»Das hört sich nicht nur unheimlich an!« Tizian, Ritas bester Freund, schob sich dicht hinter sie. »Es *ist* unheimlich.« Langsam drehte er sich ein Mal um die eigene Achse. Mit der Taschenlampe leuchtete er flüchtig die Umgebung ab. Er fühlte sich nicht wohl hier. »Können wir nicht wieder verschwinden?«

»Hast du Angst?« Provozierend stieß Rita ihn mit dem Ellbogen an.

»Quatsch!«, schnaubte Tizian. »Natürlich nicht.«
Platsch!
Das klang nahe. Rita leuchtete mit der Taschenlampe den unebenen Untergrund vor sich ab. Der Strahl blieb an einer feuchten Stelle nur wenige Zentimeter entfernt hängen. Von da kam das Geräusch!

»Mir ist trotzdem nicht wohl hier unten.« Tizian drehte sich erneut um und beleuchtete den Weg zurück, als ob er sich verfolgt fühlte. Niemand war hinter ihnen. Noch konnte er die Leiter erkennen, die hier herunterführte. Sie waren erst ein paar Meter von ihr entfernt.

»Jetzt mach dir nicht in die Hose!« Rita verdrehte die Augen und strahlte genervt mit ihrer Lampe in Tizians Richtung. »Oder geh zurück! Ich finde das Ding auch ohne dich.«

»Bist du dir sicher?«

»Was? Ob ich es finde oder dass ich dich wieder nach oben schicke?«

Tizian zögerte eine Sekunde. »Beides!«

»Verschwinde, du Pfeife!« Amüsiert schüttelte Rita den Kopf und richtete die Taschenlampe wieder nach vorne. »Schisser!«

»Na dann ... tschüss!«

Auch ohne sich erneut umzudrehen, konnte Rita sich vorstellen, wie Tizian zur Leiter hechtete und diese erklomm, so schnell er konnte. Grinsend ging sie vorsichtig weiter.

Der grob in den Fels gehauene Tunnel war mannshoch. Trotzdem musste sie sich ständig ducken und aufpassen, dass sie sich nicht den Kopf stieß oder irgendwo aneckte. Viele spitze Kanten ragten in den unterirdischen Gang.

»Wahnsinn!« Rita ließ den Schein der Taschenlampe über die unregelmäßigen Wände gleiten. Es war wirklich interessant, was sich in alten Häusern manchmal verbarg. Und dieses Gebäude übertraf alles, was sie und Tizian in ihrer beinahe fünfzehnjährigen Karriere als Entrümpler erlebt hatten.

Da war dieses angejahrte Haus inmitten des Dorfes. Zweistöckig. Wunderschön. Aber vernachlässigt und sehr sanierungsbedürftig. Die über neunzig Jahre alte Dame, die bis vor einigen Wochen noch hier gelebt hatte, war alleine gewesen, ihre drei Töchter bereits verstorben. Jetzt war sie ihren Lieben gefolgt. Da es keine weiteren Angehörigen gab, war die Zuständigkeit für das Haus an die Gemeinde gefallen. Die hatte Rita und Tizian mit der Entrümpelung beauftragt. Danach sollte es renoviert und verkauft werden.

Heute hatten die beiden sich den Dachboden vornehmen wollen. Kurz nachdem sie damit angefangen hatten, war Rita aus einem dicken, antik und wertvoll erscheinenden Buch etwas entgegengefallen. Zwischen den Seiten einer alten Bibel hatte eine Art Karte gesteckt. Und eine Warnung.

Das Papier wirkte so bejahrt wie das große Buch. Da es auf dem Dachboden aufbewahrt worden war, konnte dies aber täuschen. Die Gegenstände außerhalb der wenigen Räume im Erdgeschoss, die die alte Dame noch bewohnt hatte, waren den klimatischen Bedingungen in ungeheizten und feuchten Zimmern ausgesetzt, weshalb sie älter anmuteten, als sie tatsächlich waren.

Rita hatte das Schriftstück aufgehoben. Sie wollte es erst wieder zwischen die Seiten stecken, weil es vielleicht ein Brief war, etwas Persönliches. Dann entschied sie sich dagegen.

Dieses Symbol! Ein seltsames Zeichen auf dem zusammengefalteten Papier erregte ihre Aufmerksamkeit. Es sah aus wie die Verzierung der Eingangsüberdachung vor ihrem Elternhaus. Auch drinnen sah man das Symbol an verschiedenen Stellen.

Neugierig hatte Rita den Zettel auseinandergefaltet. Sie fand eine Art Wegbeschreibung zu einer Statue vor, verwirrende Worte und die Warnung, dass das *steinerne Biest* nie freigelassen werden dürfe. Es wäre ein …

Hier war die Schrift unleserlich geworden.

Was Rita dazu brachte, dieser Wegbeschreibung zu folgen, war die Tatsache, dass außerdem auf dem Zettel stand: *»Das Symbol kennzeichnet die Familie, die von dem Geschöpf besessen war. Nur ein weiblicher Nachkomme dieser Blutlinie kann es wieder zum Leben erwecken. Lasst uns beten, dass dies nie geschieht.«*

Obwohl sie nicht an das glaubte, was das Papier ihr erzählen wollte, zog sie irgendetwas in diesen unterirdischen Tunnel. Es konnte kein Zufall sein, dass sich die gleichen Symbole auf dem Zettel sowie in ihrem Elternhaus wiederfanden. Es war ein Kreis, von dem drei Striche aus nach unten gerichtet verliefen. Die Linie unten von der Mitte ausgehend war um einige Zentimeter länger als die beiden, die sich im gleichen Abstand zu diesem ebenfalls nach unten zogen. Rita hatte sich schon oft gefragt, warum sich das Zeichen überall in ihrem Hause fand. Ihre Eltern hatten immer ahnungslos getan. Das Haus habe irgendein Vorfahre gebaut. Und den könne man nicht mehr fragen.

Dieses alte Haus hier zierte ein ähnliches Symbol. Der Kreis hatte einen vergleichbaren Durchmesser. Es gingen aber nur zwei gleich lange Striche davon aus. Sie zeigten nach oben.

Rita schob sich langsam weiter. Laut Beschreibung müsste sie bald auf einen schmalen Abzweig stoßen, der nach links führen würde. Der Haupttunnel sollte nur wenige Schritte weiter in einer Sackgasse enden. Sie glaubte, diese Wand bereits zu erkennen.

Platsch! Hinter ihr fiel ein weiterer Wassertropfen nieder. Dass sie dies noch wahrnahm, wunderte sie. Ihr Herz schlug mittlerweile so heftig, dass sie befürchtete, Tizian könne es bis oben hören.

Was war das? Wieso rauschte ihr Blut plötzlich so laut und schnell durch ihre Adern? Sie war doch nur auf der Suche nach einer versteckten Statue.

War das der Grund?

In Ritas Kopf überschlugen sich die Fragen und die Antwortmöglichkeiten. Warum war hier in einem Tunnel unter den Kellerräumen eine Statue versteckt? Was zeigte sie?

Rita war überzeugt, dass die Antwort auf einem Aber- oder Irrglauben beruhen musste. Wieso sollte eine Statue sonst versteckt werden? Weit mehr aber interessierte sie, was es mit der Warnung auf sich hatte. Dieses unleserliche letzte Wort. *Es ist ein ...*

Was?, schoss es ihr immer wieder durch den Kopf. *Dämon, Teufel ...?* Abgelöst wurden diese Gedanken durch die Frage: *Ist das Ding vielleicht wertvoll?*

Weil sie nicht mehr auf den Weg achtete, stieß Rita mit der Schuhspitze gegen eine Unebenheit des Bodens und wäre beinahe hingefallen. Im letzten Moment konnte sie sich an den Wänden abstützen. Die dabei zu Boden polternde Taschenlampe drehte sich zwei Mal um die eigene Achse und blieb, wie absichtlich ausgerichtet, mit dem Strahl nach links zeigend liegen. Der Lichtschein offenbarte nicht nur die gesuchte Abzweigung, sondern auch ein in den Boden geritztes Symbol. Den Kreis mit den drei nach unten verlaufenden Strichen. Diesmal zeigten sie nach links, wie ein Wegweiser.

Rita schnappte nach der Taschenlampe. Angespannt leuchtete sie in den schmalen Tunnel hinein, der eher als längere Nische zu bezeichnen war. Das Ende war nur etwa drei

Schritte entfernt.

Und dort war sie – die Statue! Sie existierte also.

»Da schau einer an!« Rita ließ den Lichtstrahl über das geduckt dastehende Ding aus Stein streichen. »Was ist das?«, entfuhr es ihr leise, während sie einen Schritt näher trat. »Tiz!«, brüllte sie über ihre Schulter hinweg, in der Hoffnung, ihr Kumpel würde sie hören. »Das musst du dir unbedingt ansehen!« Sie lauschte für einige Sekunden. Keine Antwort. »Tiz?«, versuchte sie es nochmal. Dasselbe Ergebnis. Er war bereits außer Hörweite. »Da finden wir einmal was Cooles …« Rita schüttelte den Kopf und seufzte.

Diese versteckte Statue war tatsächlich ein spektakulärer Fund. Sie wirkte so echt! Rita konnte nicht sagen, warum, aber der Anblick jagte ihr einen Schauder über den Rücken. Die Haltung der Figur zeigte eine Mischung aus Abwehr, Rückzug und Schock. Das war auch deutlich im Gesicht des steinernen Wesens zu erkennen. Erschrocken aufgerissene Augen, ein Mund, der das Wort »*Nein*« formen wollte, aber nicht mehr dazu gekommen war. Die Knie leicht gebeugt, als ob das Vorbild der Statue sich geduckt habe, so stand das Ding in der Nische. Es hielt die Arme abwehrend vor den Körper und das Gesicht. Die Handflächen zeigten nach außen. Die langen, dünnen Finger waren weit gespreizt.

Sie erregten Ritas Aufmerksamkeit. Obwohl die Figur menschlich wirkte, war das steinerne Abbild kein Mensch. Diese Hände. Sie waren viel zu schmal. Die Finger viel zu dünn und auch zu lang. Die ganze Gestalt wirkte unnatürlich gestreckt und deshalb viel dünner. Auch die weit aufgerissenen Augen waren größer als die eines Menschen. Ihre Form glich denen einer Manga-Figur, obwohl die Kleidung nicht ganz dazu passte, wie Rita fand. Ein schlichtes, aber wallendes Kleid, das bis zum Boden reichte, umhüllte die dünne, weibliche Kontur. Ihre Haare waren lang. Extrem lang. Sie wirkten wie vom Wind nach hinten gepustet und in jenem Augenblick eingefroren.

»Oder zu Stein erstarrt«, flüsterte Rita. »Tiz!« Wieder rief sie nach ihrem Kumpel. »Himmel! Ist der taub oder was?«

Tizian hatte sein Gehör nicht verloren. Er war auf den Dachboden zurückgegangen, um dort weiterzumachen, wo sie aufgehört hatten, als Rita vom Entdeckerwahn gepackt wurde. Wenn sie das blöde Ding gefunden hatte, würde sie schon wieder raufkommen.

Tizian griff nach der dicken Bibel, in der seine Kollegin diesen Zettel gefunden hatte. Ja, das war ein wirklich schönes Exemplar. Ein Verkauf würde ihnen gutes Geld bringen. Ein Sammler könnte bestimmt ...

Was war das? Noch ein Zettel?

Er klebte zwischen zwei Seiten, als ob der sich dort bildende Schimmelfilm das zusammengefaltete Blatt festhalten würde. Vorsichtig löste Tizian das Papier aus dem Griff der Bibelseiten und faltete es auseinander. Es offenbarte ihm zunächst nur eine krakelige, altdeutsche Schrift.

»Na toll!« Er hatte seine Probleme mit dem Entziffern alter Handschriften. Für ihn sahen viele Buchstaben gleich aus. Der Rest erinnerte an Hieroglyphen oder Runen.

Er wollte den Zettel schon in die Tasche stecken, um ihn Rita zu zeigen, als ihm das Wort *»Statue«* ins Auge stach. Neugierig geworden, versuchte er sich doch an der Entschlüsselung der Worte.

Obwohl Tizian nicht alles lesen konnte, offenbarte ihm das, was er entzifferte, einen schrecklichen Sinn. Auf dem Papier stand nicht nur, was die Statue darstellte, sondern auch, wie sie entstanden war. Obschon Tizian mit beiden Beinen auf der Erde stand und weder an Gott, den Teufel, Vampire, Werwölfe oder Dämonen glauben wollte, ließ dieser Text Zweifel in ihm aufsteigen.

»Geboren in den Tiefen der Erde ... Gestaltwandler ...

gefährlich ... Shoada ihr Name ... unschädlich gemacht ... heißes Wasser hat sie in Stein verwandelt.«

Bis dahin hatte Tizian noch geschmunzelt. Ein gefährlicher Gestaltwandler aus den Tiefen der Erde, der heißes Wasser nicht vertrug! Natürlich! Klar!

Die folgenden Zeilen ließen sein Grinsen ersterben. Sie beinhalteten zwei Listen. Zwei Reihen von Namen. Es waren die Namen der vom Gestaltwandler besessenen Frauen sowie die der weiblichen Nachfahren dieser Blutlinie. Die andere Liste enthielt die Namen der sogenannten *»Hüter des Geheimnisses«*. Diese Liste endete mit dem Namen des Vaters der verstorbenen Besitzerin dieses Hauses, in dem sie gerade waren. Die ersten Namen waren von der Person geschrieben worden, die das Schriftstück verfasst hatte. Dann änderte sich die Schrift immer wieder. Der Schreibstil wurde moderner. Leserlicher. Die letzten drei Namen waren von derselben Person geschrieben worden. Die Schrift unterschied sich von den anderen. Eine Frau musste sie zu Papier gebracht haben.

Die Namen waren Tizian nur zu bekannt. Erschrocken hielt er den Atem an. *Elvira Keller (geborene Färber), Gisela Hellwich (geborene Keller), Rita Hellwich.*

Zufall? Nein! Da stand eindeutig Ritas Name. Und der ihrer Mutter. Außerdem glaubte er sich zu erinnern, dass der Name ihrer Großmutter Elvira gewesen war.

»Nur ein weiblicher Nachkomme dieser Blutlinie kann es wieder zum Leben erwecken«, erinnerte er sich an den Wortlaut auf dem anderen gefundenen Zettel.

»Rita!« Tizian wirbelte auf dem Absatz herum. »Rita!«, schrie er in der Hoffnung, dass sie ihn hören würde. Hektisch polterte er die Treppen hinunter.

»Die sieht so echt aus.« Mit offenem Mund stand Rita vor der seltsam anmutenden Statue. »Wahnsinn!« Langsam streckte sie ihre Finger nach der wie im Schock erhobenen Hand der Figur aus.

Dann ging alles furchtbar schnell. In der Sekunde, in der Rita die Statue berührte, vernahm sie ein leises Zischen und spürte es kurz in ihren Fingern kribbeln. Es fühlte sich an wie ein schwacher Stromschlag. Erschrocken wollte sie die Hand zurückziehen, schaffte es aber nicht. Die steinernen, dünnen Finger hatten sich blitzschnell um ihre Hand geschlossen und hielten sie fest im Griff. Rita konnte nur mehr zusehen, was dann geschah. Sie hatte keine Chance zu reagieren, geschweige denn sich zu wehren. Überrumpelt versuchte sie, nach Tizian zu rufen. Ihre Stimme versagte ihr den Dienst.

Das Ganze dauerte nur wenige Sekunden, doch während dieser kurzen Zeitspanne geschah etwas Unglaubliches. Nicht nur die Hand der Statue hatte sich plötzlich und blitzschnell bewegt, die ganze Figur war von einer Sekunde auf die andere zum Leben erwacht. Und mit dem Erwachen kam auch die Farbe zurück.

Für einen Augenblick starrte Rita in große, violett leuchtende Augen. Dann glitt ihr die Taschenlampe aus der Hand, fiel krachend auf den unebenen Boden und verlosch in dem Moment, in dem sie das Bewusstsein verlor.

»Rita!« Tizians panisch klingende Stimme drang durch den Keller in den Tunnel.

Shoada hörte seine Schritte. Sie näherten sich schnell. Ihr blieben nur mehr wenige Sekunden. Sie hatte bereits begonnen, Ritas Gestalt anzunehmen, ihr Bewusstsein in sich aufzusaugen und ihr Gedächtnis zu kopieren. Sie musste den Tunnel verlassen, bevor der Rufer herunterkam und Ritas regungslosen Körper fand.

»Was ist denn?«, rief Shoada mit Ritas Stimme. Sie bückte sich, um die Taschenlampe aufzuheben. Zum Glück war sie bloß auf den Schalter gefallen. Nur noch einen Moment. Gleich war die Verwandlung abgeschlossen.

»Bleib von der Statue weg!« Tizians Stimme überschlug sich beinahe.

»Zu spät!«, grinste Shoada, während sie, nun komplett verwandelt, schnell aus dem Seitentunnel trat und sich auf den Weg zur Leiter machte. »Da ist keine, Tiz«, rief sie nach oben. »Ich habe alles abgesucht. Entweder hatte da jemand zu viel Fantasie oder es gibt sie nicht mehr. Da unten ist sie jedenfalls nicht!«

»Sicher?« Tizians Kopf erschien am Ende der Leiter, die Shoada zu erklimmen begann.

»Ganz sicher!« Shoada hob die Augenbrauen. »Für wie blöd hältst du mich? Der Seitentunnel ist da. Aber er ist leer.«

»Kein Mauerwerk gefunden? Irgendwas in der Richtung? Ist was zugeschüttet?«

»Nö, warum?« Shoada nahm die letzte Sprosse und trat neben Tizian.

»Weil sie vielleicht jemand zusätzlich nochmal versteckt haben könnte«, antwortete er. »Außerdem solltest gerade du dich von dem Ding fernhalten.« Tizian hielt ihr einen Zettel entgegen.

Shoada nahm das Blatt an sich. Sie kam nicht dazu, irgendetwas darauf zu entziffern. Tizian entriss ihr das Papier wieder, machte sie aber auf eine Reihe von Namen aufmerksam, an deren Ende Rita Hellwich stand.

»Nach allem, was da steht, bist du ein Nachfahre der einst von der Gestalt besessenen Familie. Dieses Ding hat vor vielen Jahren wohl gelebt, ist aber unschädlich gemacht worden. Und du hättest sie wieder zum Leben erwecken können. Ich weiß zwar nicht, wie oder ob es überhaupt stimmt, aber mir wurde echt mulmig, als ich das gelesen habe.« Betonend deutete er auf die Liste. »Wie kommen eure Namen auf diesen Zettel, in dieses Haus und in dieses Buch? Kannst du mir das erklären?«

»Keine Ahnung! Ich kenne diese Familie nicht! Vielleicht waren es Stalker, die einen Narren an uns gefressen haben. Was weiß ich!« Shoada verdrehte die Augen. »Mach dich nicht lächerlich, Tiz! Das ist doch Blödsinn!«

»Ach ja? Wieso bist du dann hier runtergestiegen?«

»Weil man diesen steinernen Gestaltwandler vielleicht als Kostbarkeit hätte verscheppern können. Und damit basta!«

»Ja, vielleicht. Trotzdem ist das irgendwie seltsam. Eure Namen, dieses Symbol ...« Tizian winkte ab. Er wusste, dass es keinen Sinn mehr hatte, mit seiner besten Freundin und Geschäftspartnerin zu debattieren. »*Basta*« läutete bei Rita in der Regel einen Themenwechsel ein. Sie konnte sehr grimmig werden, wenn man weiter auf etwas herumritt, das sie für sich längst abgehakt hatte.

Vielleicht hatte Rita es abgehakt. Er noch lange nicht.

Tizian beschloss, auf eigene Faust zu recherchieren. Ob es seiner Freundin in den Kram passte oder ...

Seine Gedanken erstarrten, bevor sich das letzte Wort in seinem Gehirn formen konnte. Gestaltwandler! Er hatte nicht erwähnt, dass es sich um das Abbild eines Gestaltwandlers handeln würde. Hatte Rita dies wirklich in den etwa zwei Sekunden lesen können, in denen sie den Zettel in der Hand gehalten hatte? Unmöglich!

Tizian biss sich grübelnd auf die Unterlippe. »Shit!«, entfuhr es ihm leise, bevor er sich von ihr wegdrehte. Oder von dem, das aussah wie seine Freundin. Hoffend, dass dieses Ding in Ritas Gestalt seinem Verhalten nichts anmerkte, hob er die Hand und schüttelte den Kopf. »Okay, vergiss es!« Am liebsten wäre er sofort nach Hause gefahren. Weg von hier. Weg von Rita, die nicht mehr Rita war. Oder bildete er sich das nur ein? War seiner Freundin doch zufällig die Passage mit dem Gestaltwandler ins Auge gestochen?

Himmel! Reiß dich zusammen!, schalt er sich in Gedanken. *Rita ist einfach besser im Entziffern alter Handschriften.* »Können wir oben weitermachen?«, fragte er deshalb in der Hoffnung, dass dies die Erklärung war. »Ich würde heute gerne etwas früher nach Hause kommen als gestern.« Tizian nickte mit dem Kopf Richtung Treppe und ging voraus. Nicht ganz davon überzeugt, dass seine Freundin noch immer dieselbe war, machte er sich an den Aufstieg. Der Dachboden war schließlich noch voll altem Gerümpel. Einige Stücke waren vielversprechend und könnten einen guten Preis erzielen. Alleine die alte Bibel würde einiges einbringen.

Der Gedanke an dieses Buch brachte das Bild der Listen in Tizians Kopf zurück. Die Warnung! Konnte es wirklich sein, dass all das nur das Resultat von Nichtwissen aus vergangenen Tagen war? Gab es eine logische Erklärung für die Geschehnisse? Was genau war eigentlich passiert, dass jemand auf so eine Idee gekommen war? Ein Gestaltwandler! So etwas gab es nicht! Die gehörten ins Reich der Fantasie.

Wie Werwölfe, Vampire oder Hexen auf fliegenden Besen.

»Glaubst du, dass die Statue wirklich existiert hat?« Tizian drehte sich im Gehen kurz zu Rita um. Er war langsam sicher, dass sein Kopf überreagierte.

»Glaube schon!«, war die nachdenklich klingende Antwort. »Warum hätten sie sich sonst die Mühe machen sollen, den Tunnel anzulegen?«

»Warum haben sie das überhaupt gemacht?« Tizian hob fragend die Schultern. »Macht doch keinen Sinn! Ich meine, wenn ich angeblich einen Gestaltwandler erledigt hätte, dann würde ich die steinernen Überreste doch nicht unter dem eigenen Haus deponieren.«

»Das haben sie auch nicht!«

Tizian erstarrte mitten in der Bewegung. Ritas Stimme! Es war ihre Stimme, aber sie klang so anders. Dieser Tonfall! Dieser überheblich und gleichzeitig wütend klingende Tonfall!

Langsam wendete er sich zu seiner Partnerin um. Das Herz schlug ihm laut bis zum Hals. Es hämmerte in seiner Brust, als ob es herausspringen wollte. Sein Blut rauschte in den Ohren, sodass er die folgenden Worte nur wie aus weiter Ferne hörte. Ihre Bedeutung erfasste er in jenem Moment überhaupt nicht.

»Sie haben mich dort unten überrascht.«

Angespannt blickte Tizian in Ritas eigentlich dunkle Augen. Es waren nicht mehr ihre. Sie strahlten in einem kräftigen Violett.

Er öffnete den Mund, aber kein Wort kam über seine Lippen. Seine Stimme versagte ihm den Dienst. Zitternd hielt er sich mit einer Hand am Treppengeländer fest, während er beobachtete, wie Rita sich verwandelte.

Das dichte, oft wirr in alle Richtungen stehende kurze, braune Haar wurde schwarz. Es wuchs binnen weniger Augenblicke auf eine Länge heran, die dem größer und dünner werdenden Wesen bis fast über die Knöchel reichte. Ritas stets sonnengebräunte Haut wurde kreidebleich. Ihr zumeist fröhlich wirkendes Gesicht wurde ernst. Die Wangenknochen verrückten, die Nase wurde schmaler, die Augen dafür umso größer. Auch ihre Hände veränderten sich. Sie zogen sich in die Länge. Und ihre praktische Arbeitskleidung verwandelte sich in ein bis auf den Boden reichendes wallendes, weißes Kleid mit dünnen Trägern, die die schmalen Schultern des Wesens zusätzlich betonten.

»Was hast du mit meiner Freundin gemacht?«, fragte Tizian überrumpelt und wunderte sich sogleich über seinen Mut.

»Nichts! Hätte ich denn sollen?« Shoada hob die Hände. »Rita geht es gut.« Das seltsame Wesen zuckte mit den Schultern. »Zumindest bald wieder«, fügte es hinzu. »Wenn ich ihre Gestalt aufgebe, erwacht sie wie aus einem tiefen Schlaf.«

»Was willst du hier?« Tizian fühlte, wie ihm schwindelig wurde. War es die Angst? War es das Gefühl, das alles nicht wirklich zu erleben? Er wusste es nicht. »Und wo kommst du her?«

»Fragen über Fragen! Geht dich nichts an!«, meckerte Shoada. Sie wandte sich von Tizian ab, verschränkte die langen, dünnen Arme vor der Brust und lehnte sich an das Geländer. »Beantworte du mir lieber ein paar. Welches Jahr haben wir?«

»2013!«, antwortete Tizian sofort, obwohl er es gar nicht

wollte. Die Situation war grotesk. Sie wirkte so irreal. Als ob er alles träumen würde oder nicht ganz bei sich wäre. War er die Treppe heruntergefallen? Hatte er sich den Kopf gestoßen?

»Verdammt!«, fluchte das dürre Wesen, dessen Erscheinung eindeutig von den langen Haaren dominiert wurde. »Dann ist es schon fast dreihundert Jahre her!«

»Was?«, entfuhr es Tizian. Seine verwirrt blickenden Augen waren noch immer auf sein seltsames Gegenüber gerichtet.

»Seit der Feind mich dort unten festgesetzt hat!« Shoadas Miene wurde ernst. Langsam trat sie einen Schritt auf den etwas höher auf der Treppe stehenden Tizian zu. Trotzdem überragte sie ihn um einige Zentimeter. »Wem gehört dieses Haus? Wer wohnt hier?«, fragte sie forsch.

»Niemand mehr«, erwiderte Tizian schnell. »Ich ... ich ... räume hier nur aus im Auftrag der Gemeinde.«

»Seit wann wohnt hier niemand mehr?«

»Erst seit ein paar Wochen.«

»Wer hat hier vorher gelebt?«

»Eine alte Dame.«

»Hat sie allein gelebt?«

»Ja, ihre drei Töchter sind bereits gestorben.«

»Entstammt sie der Familie, die dieses Haus gebaut hat? Hat oder hatte sie Brüder, die Familien haben?«

»Weiß ich nicht!« Tizian grub in seinem Gedächtnis.

»Denk nach, es ist wichtig!« Die Gestaltwandlerin beugte sich zu Tizian hinunter. Fest blickte die seltsame Figur ihm in die Augen, deren Lider vor Aufregung zu flattern begannen.

»Ja, sie entstammt der Familie Milster. Also der Familie,

die das Haus gebaut hat. Ihr Mann ist relativ früh gestorben. Sie hat nie wieder geheiratet. Und sie hatte keine Geschwister. Wenn es noch Angehörige geben würde, wäre das Haus nach ihrem Tod nicht an die Gemeinde gefallen.«

»Es gibt also keinen männlichen Nachkommen?«

»Keine Ahnung!« Tizian wandte den Blick nachdenklich ab und presste die Lippen aufeinander. Eingeschüchtert zog er den Kopf zwischen die Schultern, als Shoada blitzschnell nach seinen Armen griff. Mit einer Kraft, die er diesem Wesen nicht zugetraut hätte, hielt sie ihn fest. »Ich glaube nicht! Wieso?« Hätte er sich diese Frage verkneifen sollen?

Die dünne Gestalt ließ wieder von ihm ab. »Weil ich den Auftrag habe, den anderen Gestaltwandler festzusetzen, der hier seit etwa drei Jahrhunderten sein Unwesen treibt.«

»Was, es gibt noch so ein Ding?« Tizian bereute seine Worte in dem Moment, als er sie ausgesprochen hatte.

»Ja! Und nicht ich bin euer Feind!« Shoada hatte beschlossen, seine Bemerkung zu ignorieren. »Ich bin geschickt worden, um den Mistkerl unschädlich zu machen.«

»Hat ja prima funktioniert!« Tizian verzog das Gesicht. Was war nur los mit ihm? Wieso lehnte er sich so weit aus dem Fenster?

Zur Beschwichtigung hob er die Hände und versuchte, die Gestaltwandlerin schnell in ein ablenkendes Gespräch zu verwickeln. »Wenn der andere der Feind ist, wieso steht auf den Zetteln, die wir gefunden haben, dass du das Biest bist?« Skeptisch hob er die Brauen, während Shoada genervt die Augen verdrehte und tief durchatmete, bevor sie antwortete: »Was glaubst du, wer das geschrieben hat? Denk nach, Junge!« Sie tippte ihm mit einem ihrer langen, dünnen Finger an die Stirn, um ihre Worte zu unterstreichen. »Natürlich will der andere nicht, dass man mich je wieder aufweckt! Nur ich könnte seine Pläne durchkreuzen. Deshalb wusste auch jeder innerhalb der Familie Bescheid. Alle – egal ob Mann oder Frau – waren auf mich angesetzt. Und sind es heute noch.«

»Ach deshalb wurde unter anderem Ritas Name von einer Frau auf die Liste gesetzt«, murmelte Tizian vor sich hin. »Das muss die alte Dame gewesen sein. Sie wusste davon!«

»Selbstverständlich wusste sie davon! Habe ich doch eben gesagt!«, fuhr Shoada ihn an. »Alle sind involviert.«

»Waren involviert!« Tizian hob belehrend einen Finger. »Trotzdem ist das kein Beweis, dass du nicht doch der Feind bist.« Keine Sekunde später bereute er, dass er den Mund aufgemacht hatte. Wieso konnte er seine vorlaute Klappe nicht halten?

Shoada griff nach seinem Finger und drückte die langen, spitzen Nägel in seine Haut. »Glaubst du wirklich, ich würde hier mit dir rumstehen, wenn ich euer Feind wäre? Ich hätte dich längst ...«

»Ist ja gut!«, beschwichtigte Tizian in der Hoffnung, Shoada würde es dabei belassen, und fragte: »Kann ich irgendwie helfen? Ich meine ... was hat der andere vor, und wie kann man ihn finden?« Er fühlte sich, als hätte er seinen eigenen Körper verlassen. Als ob er neben sich stehen und nur zusehen würde, wie sich hier jemand um Kopf und Kragen redete. Warum? Er hatte keine Ahnung.

»Ich muss vorerst nur wissen, ob die Familie einen männlichen Nachkommen hat. Wir Gestaltwandler können nur Körper innerhalb der Blutlinie kopieren, die wir uns für die erste Verwandlung ausgesucht haben. Und immer nur die des eigenen Geschlechts. Da der andere Gestaltwandler männlich ist, ist es wichtig zu wissen, ob es noch einen männlichen Milster irgendwo gibt.«

Sie beließ es tatsächlich dabei.

»Ich glaube nicht!« Tizian grub in seinem Gedächtnis. Wenn sie ein Haus ausräumten, mussten sie vorher sichergehen, dass es nicht doch noch Verwandte gab, die Ansprüche stellen könnten. Außerdem hatte er vorhin den Zettel mit den Nachfahren dieser Familie gefunden. Die Liste endete mit dem Namen des Vaters der alten Dame. Nein! Es gab weder Geschwister noch Cousins. Ihr Vater, der letzte männliche Besitzer des Hauses, war ebenfalls Einzelkind gewesen. Und er war im Zweiten Weltkrieg gefallen.

Tizian sagte Shoada, was er wusste.

»Er ist tot? Sicher?«, fragte sie. Ihre Stimme transportierte die Skepsis, die ihr Gesichtsausdruck zeigte. Skepsis, aber auch Hoffnung.

»Ja, er ist gefallen. Das ist sicher!« Tizian nickte zur Bestätigung.

»Dann ist es vorbei!«

»Vorbei?«

»Ja! Ashtar ist entweder schon in diesem Krieg gefallen oder heute dennoch tot, weil er ohne einen kopierbaren Körper in eurer Welt nicht lange überleben kann. Aggressive Sonneneinstrahlung. Anders zusammengesetzte Luft. All das macht uns krank und tötet uns im Laufe weniger Wochen. Da Ashtar die Originale, die er kopierte, schnell sterben ließ – anders, als ich es bevorzuge –, hatte er keine Alternative mehr. Ein Zurück gab es für ihn ohne mich auch nicht, also …« Shoada zuckte mit den Schultern und atmete tief durch.

Dann sank sie plötzlich in die Knie. Erleichtert. Als ob ihr eine große Last genommen wurde.

»Was hatte er vor?« Tizian hob die Augenbrauen. Er fühlte sich noch immer wie neben sich stehend.

»Er wollte eure Welt übernehmen!«, antwortete Shoada. »Du sagst, es ist das Jahr 2013?«

Tizian nickte zur Bestätigung.

»Würde es 2015 noch einen männlichen Nachkommen gegeben, wäre es so weit gewesen.«

»2015?« Tizian schüttelte verwirrt den Kopf. »Warum? Was passiert 2015?«

»Jetzt wohl nichts mehr!« Shoadas violette Augen suchten den Kontakt zu Tizians. »Vielleicht hat euch der Krieg vor einem schlimmen Schicksal bewahrt.«

»Wie meinst du das?«

»2015 kann das Dämonentor wieder geöffnet werden. Das passiert nur alle paar tausend Jahre. Ashtar hatte vor, sich mithilfe der Dämonen an die Spitze eurer Welt zu schwingen. Das wäre euer Untergang gewesen.«

»Dann hat der Zweite Weltkrieg uns gerettet?« Tizian fuhr sich fassungslos durch das lichte Haar. Er konnte nicht glauben, was er eben gehört hatte.

»Sieht so aus«, lächelte Shoada und stand auf, bevor Tizian etwas erwidern konnte. »Damit ist meine Zeit hier abgelaufen und ich kann endlich nach Hause zurückkehren.«

»Zurückkehren? Wie?«

»Der Nebentunnel führt in unsere Welt, die tief unter der Erde liegt. Die hintere Wand ist eine Illusion. Sie führt in ein verzwicktes Höhlensystem. Wir leben dort in der Tiefe schon seit vielen Jahrtausenden. Ihr wisst nichts von uns, aber wir wissen von euch. Ashtar hat einst einen Weg durch die Höhlen nach oben gefunden. Um ihn zu verstecken, hat er dieses Haus darüber errichten lassen. Er hat sogar angefangen, einen Tunnel zur Irreführung zu graben, ihn aber nie vollendet.« Shoada sah aus, als ob sie ihren Blick in die Vergangenheit richten würde. »Ashtar war ein Abenteurer und ein Größenwahnsinniger«, erklärte sie. »Die Entdeckung dieser Welt und die Tatsache, dass er euch mit den Dämonen hätte beherrschen können, ist ihm zu Kopf gestiegen. Der Rest spielt keine Rolle mehr!« Die Gestaltwandlerin winkte ab. Seufzend drehte sie sich um. »Ich verlasse eure Welt jetzt wieder!«, murmelte sie kaum hörbar, bevor sie sich an den Abstieg machte. »Rita wird gleich zurück und wohlauf sein. Versprochen!« Shoada wandte sich ein letztes Mal zu Tizian. »Tust du mir noch einen Gefallen?« Sie wartete dessen Nicken ab und sagte: »Behalte unsere Begegnung bitte für dich. Kein Wort von dem, was ich dir erzählt habe.«

»Auch nicht zu Rita?«

Shoada atmete tief ein, als wolle sie Zeit schinden, bevor sie sagte: »Rita darfst du einweihen. Sie wirst du brauchen. Du musst mir nämlich noch etwas versprechen.«

»Was?«

»Ihr müsst den Tunnel verschließen. Wenn ich weg bin, müsst ihr ihn auffüllen. Okay?«

»Ja!« Tizian trat einen Schritt auf sie zu. Zögernd streckte er die Hand aus, nicht wissend, wie sie die Geste aufnehmen würde.

Shoada ergriff sie. »Danke!«

Etwa drei Minuten, nachdem die Gestaltwandlerin aus seinem Blickfeld verschwunden war, tauchte Rita wieder auf. Sie hielt sich die Hand an die Schläfe, als ob sie Kopfschmerzen hätte. Sie wollte gerade den Mund öffnen, doch Tizian kam ihr zuvor.

»Ich muss dringend mit dir reden.« Er packte seine Freundin an beiden Handgelenken und zwang sie dazu, ihm in die Augen zu sehen. »Es gibt da etwas, von dem du wissen solltest.«

Verhängnisvolle Blutlinien

»Kann ich meinen Hund abholen?« Chris kam freudig auf seinen Vater zugerannt. Auf diesen Tag hatte er seit fast zwei Jahren gewartet. »Bitte!« Seine strahlend hellblauen Augen blickten bettelnd in die des großen Mannes, dessen ungewöhnliche Kontur im Licht der untergehenden Sonne schimmerte. Er bot einen Anblick, der Faszination, aber auch Respekt hervorrief.

»Muss das sein?« Der Mann, der von einer dunklen Aura umgeben war und dessen Züge einen Hauch von Arroganz und Überheblichkeit ausstrahlten, wirkte nicht begeistert. »Ich will nicht, dass du zu ihnen gehst! Es ist zu gefährlich!«

»Komm schon! Ich habe ihn extra nach dir benannt.« Ein verschmitztes Grinsen lag auf dem Gesicht des jungen Mannes, das dem seines Vaters immens ähnelte.

»Hör auf zu betteln!« Die Gestalt mit dem markanten Schatten verdrehte die Augen. »Das hilft dir nichts! Dort wimmelt es von ihren Nachkommen.«

»Ich weiß! Einer davon hat mich schließlich getötet! Ich erinnere mich daran! Jeden verdammten Tag!« Trotzig verschränkte Chris die Arme vor der Brust. »Der Mistkerl hat mich hinterrücks angegriffen und noch eine Weile gefoltert, bevor er mich endlich hat sterben lassen. Aber *wir* sind ja die Bösen!«, schnaubte er wütend. »Lächerlich!« Betonend deutete er mit dem Finger abwechselnd auf seinen Vater und auf sich. »Dieses Mal aber habe ich den Vorteil auf meiner Seite.« Seine Mundwinkel verzogen sich zu einem siegessicheren Lächeln. »Wenn er mir begegnen sollte …«

»Dann machst du, dass du verschwindest!«, vollendete sein Vater den Satz. »Kein Streit! Kein Ärger! Keine Provokation! Die sind in der Überzahl!« Er trat einen Schritt auf seinen Sohn zu. »Die erwarten, dass du Lu holst, Chris.« Tief sah er ihm in die bittenden Augen. »Die wissen genau, dass du seine Seele innerhalb der ersten Stunde nach seinem Tod mitnehmen musst, sonst löst sie sich in Nichts auf.« Er griff nach den Oberarmen seines Sohnes und zog ihn zu sich heran, um seine folgenden Worte zu bekräftigen. »Glaub mir, Chris. Die warten dort auf dich!«

»Jetzt kann ich mich aber wehren! Das hat sich Alan selbst zuzuschreiben. Er hätte wissen müssen, dass ich tot mächtiger bin als lebend. Jetzt bin ich stärker als er und die anderen.«

»Bist du nicht! Deine gestärkte Macht beschränkt sich auf deinen jetzigen Lebensraum. Auf der Erde hilft sie dir nicht das Geringste. Dort bist du machtlos gegen sie!«

»Und wenn ich verspreche, vorsichtig zu sein? Ich werde mir nur Lu fix schnappen und sofort zurückkommen. Ihre Fähigkeit, mich in meiner jetzigen Erscheinungsform anzugreifen, entwickelt sich erst im Dunkeln. Vorher können die mir gar nichts.«

»Dann hast du etwa zehn Minuten!« Widerwillig presste der kräftige Mann mit der unheimlichen Aura die Lippen aufeinander. Lucian wusste, wie viel der Hund Chris bedeutete. Konnte er ihn wirklich zwingen, die Seele des Tieres aufzugeben?

Konnte er nicht! »Geh! Aber beeil dich!«, gab er schließlich nach, wenn auch unwillig. »Aufspüren und sehen können sie dich jetzt schon. Mit Einbruch der Dunkelheit musst du zurück sein!«

Seufzend verstaute Alan sein Buch im Rucksack, der neben ihm auf der Parkbank lag. Es war zu dunkel zum Lesen geworden. Die letzten Strahlen strichen über sein Gesicht, als er es der untergehenden Sonne entgegenstreckte.

Niemand ahnte, dass er in der Zwischenzeit Kontakt mit seinen Schwestern und Brüdern aufnahm. Unauffällig, aber systematisch postierten die sich nahe dem Tierheim. Dorthin war der Rüde nach Chris' Tod gebracht und vor etwa einer halben Stunde eingeschläfert worden.

Natürlich war Chris aufgetaucht! Alan hätte seine Seele verwettet. Er wusste aber auch, dass Chris nicht dumm war. Er würde sich hüten, nach Einbruch der Dunkelheit noch auf der Erde zu sein. Zielgerichtet und in Eile würde er das seit Jahrtausenden existierende und von den Menschen nicht registrierte Portal im Park ansteuern, das ihn zurückbringen würde.

Genau da würde er ihn abfangen.

Ein gehässiges Grinsen umspielte Alans Mundwinkel. Es hätte dem Lucians alle Ehre gemacht.

Ich habe dich schon einmal fertiggemacht. Ich werde es wieder tun, schoss es ihm durch den Kopf. *Dieses Mal endgültig!* Er musste lediglich verhindern, dass Chris das Portal erreichte. Mit Einbruch der Dunkelheit würde er keine Chance mehr gegen ihn und seine Verstärkung haben. Sie würden Chris in die Knie zwingen, seine Seele auslöschen und damit ein für alle Mal Lucians Willen brechen. Dann wäre es vorbei! Endlich vorbei!

Beeil dich, Chris! Nervös schritt Lucian auf und ab. Obwohl sein Sohn erst ein paar Minuten weg war, wuchs in ihm eine große Sorge heran. Wie eine dunkle Vorahnung erfasste sie den prächtigen Engel, dessen gewaltiger Schatten langsam mit der aufkommenden Dunkelheit verschmolz. »Ich hätte ihn nicht gehen lassen dürfen!«, murmelte er. Die Angst, dass er Chris in sein Verderben rennen ließ, verschlimmerte sich mit jeder Sekunde, die verstrich.

Sie werden ihn vernichten! Sie haben es dir angedroht! Du wolltest nicht hören!, brüllte die anklagende Stimme in seinem Kopf. Wie ein Echo, das hin und her geworfen wurde und sich von Mal zu Mal verstärkte, hallten die Vorwürfe in seinen Gedanken. Er hatte ihnen nichts entgegenzusetzen. Die Stimme hatte recht.

»Wir werden deinen düsteren Plan vereiteln. Glaub nicht, dass du damit durchkommst!«, hatten sie gedroht.

Er hätte auf ihre Warnung hören sollen! Als er Chris zeugte, waren vierzehn Weiße Engel ausgesandt worden, um ebenfalls menschliche Kinder zu zeugen. Mit nur einem Ziel!

»Wagt es nicht!«

Eine ihm unbekannte weibliche Stimme riss Alan aus dem Triumph, den er in Gedanken bereits feierte. Erschrocken fuhr er herum. Hinter ihm stand eine junge Frau. Er hatte sie nie zuvor gesehen. Dennoch wirkte sie vertraut auf ihn. Sehr vertraut! »Wie bitte?«

»Du hast mich verstanden!« Die Unbekannte schlenderte um die Bank herum. Lässig ließ sie sich neben Alan nieder und streckte die langen Beine von sich. Ohne ihn anzusehen, zischte sie: »Wenn ihr Chris zu nahe kommt, werdet ihr das bereuen!«

»Ach ja?« Alan lachte amüsiert auf, als ob sie einen Witz

gemacht hätte. »Wer sollte uns daran hindern?«

»Ich!« Langsam drehte sie sich zu ihm um. Stechend hellblaue Augen funkelten ihn drohend an. Lucians Augen!

Alans Grinsen erstarrte. Sein Körper spannte sich an. Was war hier los? Ein lebender Nachkomme Lucians? Unmöglich! Davon hätten sie wissen müssen. Trotzdem, die junge Frau hatte dieselben stahlblauen Augen. Das unverwechselbare Markenzeichen des Dunklen Engels. Da war aber noch mehr.

»Wer bist du?« Ohne es zu wollen, rückte Alan ein Stück von ihr weg. Sein Instinkt riet ihm, Abstand zu halten. Irgendetwas stimmte mit dieser Fremden nicht. Sie war gefährlich. Das fühlte er.

»Ich bin Rebecca.« Ihre Stimme klang so arrogant, wie ihr Gesicht aussah.

Lucians Brut! Sie war eindeutig ein Nachkomme des Dunklen Engels. Aber warum hatten sie sie bisher nicht spüren können? Wieso war ihnen entgangen, dass er auch eine Tochter gezeugt hatte?

»Weil ich nicht seine Tochter bin«, antwortete Rebecca auf Alans Gedanken. Sie lehnte sich zurück und ließ die Arme über die Rückenlehne baumeln. »Ich bin kein direkter Nachkomme Lucians. Ich stamme von ihm ab. Aber nicht nur von ihm.« Rebecca schloss die Augen und legte den Kopf in den Nacken, als ob sie die letzten Sonnenstrahlen auf ihren Wangen genießen wollte. »Mein Erzeuger war, wie dein Vater, ein Weißer Engel. Deine Mutter ist ein normaler Mensch. In den Adern meiner Mutter fließt Lucians Blut. Verdünnt, aber vorhanden. Diese Kombination macht mich einzigartig. Und verdammt mächtig.« Ihre Mundwinkel verzogen sich zu einem herausfordernden Grinsen. »Deshalb warne ich euch! Lasst Chris in Ruhe, oder ihr werdet es bereuen!« Die letzten Worte flüsterte sie beinahe. Sie verfehlten ihre Wirkung aber nicht.

»Na komm schon, Lu!« Chris schlich mit der Hundeseele im Schlepptau aus dem Tierheim. Wissend, dass kein Mensch sie würde sehen können, musste er trotzdem auf der Hut sein. Die anderen Halbengel waren in der Lage, ihn auszumachen. Wie sein Vater vorhergesagt hatte, lauerten sie an allen Ecken. Er spürte ihre Anwesenheit, fühlte ihre durchdringenden Blicke auf sich ruhen. In welche Richtung er sich auch wandte, sie waren überall.

Noch blieben sie auf ihren Posten. Beobachteten ihn nur. Aber nicht mehr lange. Die Sonne stand bereits tief. Sie würde in den nächsten Minuten hinter den hohen Bäumen der Parkanlage verschwinden und die Nacht hereinbrechen lassen. Die Nacht, die ihm zum Verhängnis werden könnte, wenn er sich nicht beeilte.

»Lass das, Lu! Jetzt wird nicht rumgeschnuppert!« Chris fasste nach dem alten, schmutzigen Halsband und spornte den etwa kniehohen Rüden an, sich endlich in Bewegung zu setzen, anstatt ständig neugierig haltzumachen.

Als ob der Hund die Eile und Sorge seines Herrchens fühlen würde, begann er, neben Chris herzutraben. Wachsam sah er sich dabei um. Auch er spürte die Gefahr. Sein kurzes, struppiges Fell stellte sich im Nacken auf. Knurrend machte er Chris auf einen dunkel gekleideten Mann aufmerksam. Die Gestalt trat plötzlich aus dem Schatten des Tierheims und schlenderte, wie zufällig, in Richtung Park.

Shit!, schoss es Chris durch den Kopf. Er legte noch einen

Schritt zu, während er sich ein paar Mal auf die Oberschenkel klopfte, um Lu ebenfalls anzutreiben.

Wohin er seinen konzentrierten Blick auch wandern ließ, von überallher traten jetzt nahezu schwarz gekleidete Männer und Frauen aus dem Halbdunkel. Ihr Verhalten wirkte auf andere nicht ungewöhnlich. Für sie waren es schlicht Menschen, die durch den Park wanderten oder auf dem Weg nach Hause waren.

»Verdammt!«, stieß Chris hervor, als er Alan auf einer Parkbank in der Nähe des Portals entdeckte, das ihn zurückbringen sollte. Es war nicht mehr weit entfernt. Er sah es bereits zwischen ein paar hohen Nadelbäumen aufflackern, als ob es ihm freudig zuzwinkern wollte, weil er es definitiv vor Sonnenuntergang schaffen würde, die Erde zu verlassen.

Noch konnten sie ihm nichts tun!

Alans Anblick jagte ihm dennoch einen Schauder über den Rücken. Er holte die Erinnerung an seinen Tod hervor. Wie kurze Gedankenblitze durchzuckten die Bilder seiner letzten Minuten auf Erden sein Gehirn und lähmten ihn auf eine Art und Weise, gegen die er sich nicht wehren konnte. Seine Schritte wurden immer langsamer. Er konnte nichts dagegen machen. Es war, als ob sein Hirn mit den Erinnerungen überfordert wäre und den Dienst zu versagen drohte.

Einen Fuß vor den anderen zu setzen – es wurde immer schwerer. Ihm war, als ob er nur mehr rückwärtsgehen konnte. Der rettende Durchgang schien sich immer weiter von ihm zu entfernen. Wegzurücken. Schon sah er Lu zwischen sich und dem Portal stehenbleiben. Der Rüde drehte sich zu ihm um, als wolle er sagen: »Wo bleibst du denn?«

Dann ging alles rasend schnell. Während in seinem Kopf

die letzten Augenblicke seines irdischen Lebens an ihm vorbeizogen und die Erinnerungen die höllischen Qualen zurückbrachten, die Alan ihm zugefügt hatte, spürte er nicht nur, wie irgendjemand von hinten nach ihm griff, sondern sah auch mit Entsetzen die letzten schwachen Strahlen der Sonne hinter den Bäumen verschwinden.

Als Lucians Schatten mit der Dunkelheit verschmolz, verdüsterten sich auch seine Gesichtszüge. Die Hoffnung, Chris wiederzusehen, fiel binnen Sekunden dem Nullpunkt entgegen. Dem einst so stolzen, aber überheblichen Engel stand die Verzweiflung deutlich in den hellblauen Augen geschrieben, hätte die Schwärze um ihn herum nicht jeden Blick darauf versperrt.

Warum hatte er ihn gehenlassen?

Er musste zu ihm! Musste ihm helfen! Auch wenn er damit erneut gegen die Regeln verstieß. Er fühlte die Angst seines Sohnes. Spürte seine Unruhe. Sah, was Chris sah. Und fühlte, wie jemand in der Sekunde des Sonnenuntergangs nach ihm langte.

Die Berührung hatte etwas, das er nicht mit einem der anderen Halbengel in Verbindung bringen konnte. Er fühlte zwar die starke Signatur einer Engelsseele, nahm aber auch schwach seine eigene Blutlinie wahr.

»Da bist du ja!« Ein anmaßendes, triumphierendes Grinsen umspielte seine Mundwinkel. Seine Laune hob sich schlagartig. »Wo hast du nur so lange gesteckt?« Er kam nicht dazu, weiter darüber nachzudenken. Aufgebrachte Stimmen drangen ihm entgegen. Unsanft holten sie ihn aus seinen Gedanken.

Die Weißen Engel hatten also bereits mitbekommen, dass auf der Erde etwas im Gange war, was sie nicht für möglich gehalten hätten.

»Was heckst du jetzt wieder aus?«

Die massive Holztür knallte heftig gegen die dicken Mauern der großen Engelsfestung. Lucian, der am Fenster gestanden und das Portal beobachtet hatte, fuhr erschrocken herum.

Der schwache Schein der leicht flackernden Fackeln im Gewölbegang ließ die Schatten der beiden Engel riesig und bedrohlich wirken, als sie den Raum betraten. Sie sahen aus wie zwei zu allem entschlossene Gestalten, die gekommen waren, um ihn zur Schlachtbank zuführen.

»Gar nichts!« Lucians Antwort klang genervt.

»Wieso glaube ich dir das nicht?« Einer der Engel trat einen Schritt auf ihn zu. Tief einatmend baute er sich vor ihm auf.

»Weil er lügt, wie immer«, warf der andere ein, verschränkte demonstrativ die Arme vor der Brust und hob die Flügel bedrohlich an. »Bringen wir ihn zu Gawarin. Der kriegt ihn schon zum Reden.«

»Prima!« Lucian lachte spöttisch. »Dann kann er gleich selbst reden! Wenn er mir die Schuld in die Schuhe schieben will ... bitte!« Der Engel mit der dunklen Aura zuckte mit Schultern und Flügeln. »Er wird nicht drum herumkommen, sich selbst ans Messer zu liefern.«

»Keine Angst, Chris!«, flüsterte eine weibliche Stimme direkt hinter ihm. »Ich werde dir nichts tun. Ich bin hier, um dir zu helfen.«

Chris war vor Überraschung nicht sofort in der Lage, zu reagieren. Erschrocken erstarrte er und versuchte, seine Gedanken und Gefühle zu ordnen. War es die Frau, die er da spürte? War es ihr Arm, der sich um seine Taille schlang? Er fühlte den Druck. Wie sie ihn an sich presste. Am liebsten hätte er sich aus der Umklammerung gewunden. Irgendetwas hinderte ihn aber daran. Als ob sie ihn bewegungsunfähig machen würde. Er konnte nur ihrer Stimme lauschen, die alles andere als vertrauenswürdig klang. Oder kam es ihm nur so vor? Etwas lag in dieser Stimme! Etwas fühlte er in ihrem Griff! Es verwirrte ihn. Ganz stark spürte er die Gegenwart eines Weißen Engels in ihr. Er registrierte aber auch die

Gegenwart seines Vaters.

»Ganz recht!«, antwortete die junge Frau auf seine gedankliche Feststellung. »Du kannst mir also vertrauen!« Sie betonte ihre Worte, indem sie den Griff etwas lockerte. »Lucians Blut fließt in meinen Adern. Und ich werde nicht zulassen, dass die Meute den zweiten und letzten Schritt zu deiner Vernichtung tut.«

Langsam schob sie Chris einen Schritt näher an das Portal heran. Der Hund wartete dort bereits ungeduldig, aber auch angespannt und eingeschüchtert mit eingeklemmtem Schwanz auf ihn. Chris sah dem Rüden die Angst im Nacken sitzen. Er wusste, dass auch Lu die Gefahr spürte, die sich vor dem Portal aufbaute.

Ausgangspunkt war diese junge Frau. Die Macht, die sie in sich trug, stellte die kombinierte Kraft der Weißen Halbengel, die sich während der letzten Sekunden um Chris herum aufgebaut hatten, tief in den Schatten. Das spürten auch sie. Keiner wagte es, sich zu bewegen. Wie erstarrt verharrten alle an Ort und Stelle, ließen die Frau aber nicht aus den Augen. Im noch unzureichenden Mondlicht war trotzdem deutlich die Angst in ihren Gesichtern zu erkennen.

Dieser seltsamen Gestalt sollte Chris vertrauen?

»Genau das sollst du!« Stetig schob sie ihn weiter auf das Portal zu. Es war nur noch zwei Schritte entfernt, als sie ihn ein letztes Mal an sich zog. »Grüß deinen Vater von Rebecca«, zischte sie, »und sag ihm, er soll sich bereitmachen zu sterben!«

Mit einer Kraft, die Chris ihr nicht zugetraut hätte, stieß sie ihn auf das Portal zu.

»Wie konnte das passieren?« Gawarin lehnte in sich zusammengesunken an dem großen Tisch im Saal. Sein Kopf und seine Flügel hingen kraftlos herab. Er war der Verzweiflung nahe. Wollte nicht glauben, was er auf die Welt losgelassen hatte. Resignierend vergrub er das Gesicht in den Händen und schüttelte den Kopf, als ob er damit nicht nur den Gedanken wegwischen könnte, sondern auch Rebecca.

»Das fragst du allen Ernstes mich?« Lucian schnaubte verächtlich. »Ich kann nichts dafür, dass diese Mutantin auf der Erde rumrennt. Du hast die Finger nicht bei dir lassen können. Musstest heimlich noch einen Nachkommen zeugen!« Energisch deutete er mit einem Finger auf ihn. »*Du* hast nur nicht erkannt, dass deine Auserwählte mein Blut in sich trug!«

»Wie ist es möglich, dass es eine Blutlinie von dir gibt, von der wir nichts wissen?« Gawarin suchte händeringend nach einer Erklärung.

»Ihr habt sie übersehen, weil ihr nicht nach ihr gesucht habt. Sie hat sich nie verzweigt und war bereits vermischt, ehe ihr angefangen habt, mich als den Bösen hinzustellen.«

»Tu nicht so unschuldig! Wer hat denn ständig aufgemuckt, weil er das System plötzlich nicht mehr akzeptieren wollte, das seit Jahrtausenden funktioniert!«

»Was? Wie nennst du das? *Funktionieren*?«

»Geht das schon wieder los? Haben wir nicht andere Probleme? Vergiss das jetzt! Sag mir lieber, was wir tun sollen!« Gawarin wischte mit einer fahrigen Geste Lucians letzte Worte beiseite. »Ich konnte nicht ahnen, dass ...« Die sonst so herrische Stimme des mächtigen Engels klang mit einem Mal schuldbewusst. Er wirkte wie ein Häufchen Elend.

»*Wir?*« Überheblich verschränkte Lucian die Arme vor der

Brust. »*Du* hast es verbockt! *Du* biegst es wieder hin!« Während sein Mund gehässig grinste, ließ er den Blick nachdenklich durch den nun von einigen Kerzen und Fackeln erleuchteten Raum schweifen. Auch wenn er es genoss, Gawarin Vorhaltungen zu machen, und liebend gerne weiter in dieser Wunde bohren würde, wusste er, wie gefährlich so ein Mischwesen war. Die Situation war ernst. Er ahnte nicht, wie ernst.

»Dazu brauche ich deine Hilfe. Das weißt du!« Gawarin suchte Blickkontakt zu Lucians hellblauen Augen. »Nur gemeinsam haben wir eine Chance gegen diese kombinierte Blutlinie, die das abgrundtief Böse verkörpert. Wir wussten, dass so etwas nie passieren durfte! Dass sich Engelsblut nie vermischen darf, egal wie verdünnt die Blutlinien sein mögen.«

»Und egal welche es sind, möchte ich betonen!« Lucian hob die Augenbrauen. »Es liegt nicht an mir!«

»Und nun zu euch!« Umzingelt von Halbengeln stand Rebecca in der Nähe des Portals. Auf den ersten Angreifer vorbereitet, platzierte sie sich mit gespreizten Beinen auf dem Rasen. Ihre Arme signalisierten Kampfbereitschaft. Die zusammengekniffenen Augen und das einfältige Lächeln drückten Siegessicherheit aus. Sie wusste, dass diese Halbmenschen keine Chance hatten. Sie war zu mächtig. Übermächtig! Diese Stärke war auch in ihren hellblauen Augen zu lesen. Sie schienen in der nur spärlich erhellten Dunkelheit zu leuchten, als ob sich darin all ihre Macht konzentrierte, die sich jederzeit entladen könnte. Sie war wie eine tickende Zeitbombe. Bald würde sie explodieren! Bald!

»Na, was ist?« Gemächlich ließ sie ihren Blick durch die

Runde schweifen. »Ihr verdammten Feiglinge! Vierzehn von euch gegen Chris. Das hätte euch so gepasst!«

Als sie Alan entdeckte, ließ sie die Arme sinken und entspannte sich. Provokativ trat sie aber zwei Schritte in seine Richtung, während der erschrocken versuchte, den Abstand zu wahren.

»Du mieser kleiner Kerl! Es hat dir nicht gereicht, Chris hinterrücks anzugreifen. Du musstest ihn leiden lassen! Warum?« Das letzte Wort schrie sie ihm entgegen und machte einen weiteren Schritt auf ihn zu. »Was hatte er dir getan?« Rebeccas Augen verengten sich immer mehr. Tief einatmend presste sie die Lippen aufeinander, bevor sie die Frage selbst beantwortete: »Gar nichts!« Ihr ausgestreckter Finger bohrte sich zwischen Alans Rippen. »Und du willst ein Halbengel sein?« Sie ließ wieder von ihm ab und drehte sich zu den anderen um. Die hatten sich in der Zwischenzeit nicht von der Stelle gerührt.

»Ihr alle wollt Weiße Halbengel sein?« Verächtlich schnaubte sie auf. »Dass ich nicht lache! Der Einzige, der herzensgut ist, ist Chris!« Sie stemmte die Hände in die Hüfte. »Ihr denkt allen Ernstes, Lucian sei das Böse, weil er ab und an provoziert? Deshalb bezeichnet ihr ihn als den *Dunklen Engel* im Gegensatz zu euch?«

»Seine Aura strahlt nicht so hell wie unsere. Sie ist schwarz! Daran gibt es nichts zu rütteln!«, antwortete Alan mutig, aber angespannt. Er konnte seine Angst kaum verbergen. »Wir müssen verhindern, dass er über seine Nachkommen dauerhaft das Böse auf der Erde einschleppt. Wenn es sein muss, bekämpfen wir das Übel sogar mit Mitteln, die nicht gerade …«

»Schwachsinn! Chris war das personifizierte Gute, bis du ihm das Licht ausgeblasen hast. Seine Aura strahlt noch immer heller als die von euch allen zusammen!«, fuhr Rebecca ihn an, bevor sie langsam und immer gehässiger grinsend noch näher an ihn herantrat. »Du willst das Böse bekämpfen? Dann nimm es endlich mit dem wahren Bösen auf!«

Noch bevor Alan reagieren konnte, hatte Rebecca ihn umgerissen, sich auf ihn geschwungen und ihre Hände so fest um seinen Hals gelegt, dass sich ihre Fingernägel schmerzhaft in seine Haut gruben.

»Vater!« Chris' Stimme wurde von lautem Gebell begleitet. Sie hallte alles andere als erfreut durch die Gänge. Getragen von einem Tonfall, in dem nicht nur Angst mitschwang, sondern regelrechte Panik. »Vater, die will dich!«

Alarmiert fuhren Lucian und Gawarin zu der schweren Flügeltür zum Saal herum, als sie aufgedrückt wurde. Abrupt stieß Gawarin sich so heftig vom Tisch ab, dass die Wucht das massive Exemplar ein Stück verrückte.

Außer Atem fiel Chris seinem Vater in die Arme, während der struppige Rüde um die beiden herumsprang.

»Du bist in Gefahr!« Schwer atmend versuchte Chris, die Worte auszusprechen, die er Lucian bestellen sollte. »Eine junge Frau mit dem Namen Rebecca hat mir geholfen. Sie trägt zwei Engelsblutlinien in sich. Unter anderem …«

»Meine, ich weiß!«

»Lass mich ausreden!«, rief Chris aufgeregt dazwischen. »Sie hat es auf dich abgesehen. Sie hat mir gesagt, ich soll dir ausrichten, dass du dich bereitmachen sollst zu sterben.«

»Was?« Lucian packte seinen Sohn an den Oberarmen. Er schob ihn ein Stück von sich, um ihm besser in die Augen sehen zu können.

Chris wollte gerade antworten, als Gawarin sich einmischte. »Das ergibt Sinn! Deine Blutlinie ist schwächer. Sie kann die Stärke meiner Linie nutzen, um dich zu besiegen. Hat sie dich überwältigt, übernimmt sie deine Macht und wird stark genug, um mich fertigzumachen.«

»Dann nimmt sie auch deine Kraft an, und der Rest mutiert für sie zum Kinderspiel, wenn wir uns nicht zusammenschließen.« Jetzt sah Lucian Gawarin durchdringend in die Augen. »Niemand weiß, was passiert, wenn wir diese Frau gewinnen lassen.«

Der Angesprochene atmete tief durch und verschaffte sich so zwei Sekunden des Nachdenkens, obgleich es nichts mehr zu überlegen gab. »Du hast recht!«, sagte er schließlich. »Wir müssen dich deshalb jetzt schützen.« Er deutete auf Chris, bevor er fortfuhr: »Und ihn!«

»Mich!« Erschrocken stolperte Chris einen Schritt zurück. »Warum? Sie hat mir nichts getan. Hätte sie mich nicht längst vernichtet, wenn sie es darauf abgesehen hätte?«

»Nein! Hätte sie deine Seele auf der Erde ausgelöscht, hätte sie nur einen Bruchteil deiner Macht übernommen. So wäre ihr wertvolle Kraft entgangen, die ihr am Ende fehlen könnte, wenn sie die absolute Macht an sich reißen will. Und das will sie! Hier bist du stärker, also räumt sie dich erst hier aus dem Weg!«, erklärte Gawarin.

»Und nicht nur dich. Sie beabsichtigt, uns alle zu töten«, fügte Lucian hinzu.

»Aber …« Chris öffnete den Mund. Verwirrt sah er von

seinem Vater zu Gawarin und wieder zurück. »Ihr seid doch unsterblich!«

»Nicht ganz!« Lucian schüttelte bedauernd den Kopf. Er senkte den Blick, während Gawarin die schreckliche Wahrheit verkündete.

»Ein Nachkomme zweier Engelsblutlinien hat die Macht, uns alle auszuradieren.« Auch Gawarin neigte den Blick zu Boden, bevor er kleinlaut zugab: »Dass es so einen Abkömmling gibt, ist meine Schuld. Ich hab nicht aufgepasst. Und jetzt …«

»Es ist ebenso meine Schuld, Gawarin«, packte Lucian plötzlich aus. »Ich habe diese alte Linie absichtlich vor euch verborgen, um sie zu schützen.« Lautes Poltern und etwas, das sich wie ein erstickter Schrei anhörte, ließ ihn kurz innehalten. »Ich dachte, ich könnte mit seiner oder ihrer Hilfe die Macht an mich reißen.« Er zuckte mit Schultern und Flügeln. Sein Mund verzog sich zu einem gequälten Lächeln, das keinerlei Ähnlichkeit mehr mit seinem sonst so überheblichen Grinsen hatte.

»Du warst eben schon immer etwas anders.« Gawarin verzog die Lippen ähnlich ratlos. »Hilft dir nur …« Er kam nicht dazu, den Satz zu vollenden. Als die massive Flügeltür aufflog, war es bereits zu spät. Binnen zwei Sekunden war alles vorbei und es wurde dunkel um ihn herum. Die letzten Bilder, die sein Bewusstsein streiften, zeigten eine hübsche, junge Frau, deren gehässig triumphierender Gesichtsausdruck überhaupt nicht zu den engelsgleichen Zügen passen wollte. Und die mit purer Willenskraft nicht nur Lucians Körper innerhalb eines Augenblicks entzweiriss, sondern auch seinen eigenen.

Seufzend kraulte Chris den freudig mit dem Schwanz wedelnden Rüden hinter den Ohren, beugte sich zu ihm hinunter, um ihn zu umarmen, und warf den Stock, den Lu eben gebracht hatte, wieder weit von sich.

Etwas mehr als einen Monat war es her, seit Rebecca sowohl auf der Erde unter den Halbengeln als auch hier im einst so prächtigen Reich der Gottesboten ein Massaker angerichtet hatte. Niemanden hatte sie verschont. Alle mussten sterben! Alle, bis auf einen! Ihm hatte sie nichts getan!

»Du willst wissen, warum?« Rebecca hatte ihm tief in die hellblauen Augen gesehen. Ein Blick, der mehr als tausend Worte verriet. »Weil ich dich haben wollte! Eine Königin braucht einen König. Schwarz braucht Weiß! Das Böse kann nicht ohne das Gute, Chris. Mein Gegenteil bist du!« Sie hatte ihm einen Kuss auf die Wange gehaucht. »Leider ist das Gute nicht stark genug, um das Böse im Zaum zu halten.«

In den vergangenen etwa fünf Wochen hatte Chris sich mehr als ein Mal gewünscht, dass sie ihn doch erlösen würde. Er wollte es nicht mehr mit ansehen. Konnte es nicht mehr ertragen. Hatten die Engel sich weitgehend aus dem Geschehen auf der Erde herausgehalten und waren nur ab und an ihrem Herzen gefolgt, mischte Rebecca sich ein, wo sie nur konnte. Sie machte sich einen Spaß daraus, Ehen zu zerstören. Sie liebte es, zu provozieren. Sie säte Zwietracht und Misstrauen. Schürte Hass. Ließ die Gewalttaten explodieren. Sie stürzte die Welt der Menschen immer mehr ins Chaos. Die Verbrechensrate stieg rasant an. Manche Länder standen am Rande eines Krieges. Es war, als ob sie die Menschheit zu Marionetten machte. Figuren in einem Spiel unter ihrer Regie, das nur einen Gewinner kannte: Rebecca.

Chris war machtlos. Er hatte keine Chance, sie aufzuhalten. Die Macht der Engel, die nach deren Tod auf sie übergegangen war, stärkte sie auf eine Art und Weise, dass selbst ein Heer keine Aussicht auf Erfolg haben würde. Niemand konnte sie aufhalten!

Dennoch musste er sie stoppen! Er durfte nicht aufgeben! Er musste einen Weg finden! Die einzige Möglichkeit aber war von vornherein zum Scheitern verurteilt.

Nur ein ähnliches Mischwesen könnte es mit ihr aufnehmen. Das jedoch würde es nie wieder geben. Rebecca hatte an alles gedacht.

Das Böse hatte gewonnen! Das Gute konnte nur mehr zusehen!

Ein folgenschwerer Deal

Die massive, zum Teil beschädigte Haustür knallte in das vor Wochen bereits geknackte Schloss.
Zu laut! Verdammt!
Andy verzog das Gesicht. Reflexartig hob er die Schultern und zog den Kopf ein. Mit geschlossenen Augen verharrte er, starr und die Luft anhaltend, für einige Sekunden.
»Da lang!«, vernahm er die gehässige Stimme des Anführers seiner Verfolger. »Er ist gerade um die Ecke gebogen.«
Angespannt lauschte Andy den sich schnell entfernenden Schritten.
Dieser Mistkerl! Er hatte das Krachen der Tür doch nicht vernommen und verwechselte ihn – zum Glück – mit jemand anderem. Es würde aber nicht lange dauern, bis er und seine beiden Mitläufer ihren Irrtum bemerkten. Dann würden sie zurückkommen! Und ihn hier finden! Hier in diesem unscheinbaren Haus am Ortsrand. Dem Haus, das Menschen verschluckte!
Andy erinnerte sich gut an seinen besten Freund aus Kindertagen. Michi hatte hier mit seinen Eltern, seinem älteren Bruder und einem verschrobenen Onkel, der nur ein paar Wochen vor Michis plötzlichem Verschwinden eingezogen war, gewohnt. Andy wusste noch, dass er Angst vor diesem Mann gehabt hatte. Dass er ihm unheimlich gewesen war und wie ungern er seinen Freund nach diesem Einzug besucht hatte. Immer wieder hatte er versucht, Michi zu sich zu locken, mit der Ausrede, dass in seinem Elternhaus und auch im Garten viel mehr Platz wäre. Die Taktik hatte prima

funktioniert. Bis zu Michis siebten Geburtstag. Jenem schicksalhaften Geburtstag, der tragisch enden sollte.

Nahezu elf Jahre war es her. Aber noch immer überfiel Andy ein unangenehm kalter Schauder, wenn er an dieses Ereignis zurückdachte. Das schreckliche Ereignis, das den fröhlichen Geburtstag abrupt beendete. Bis heute konnte sich niemand erklären, was damals passiert war. Es gab keine Spuren. Michi war einfach – aus heiterem Himmel – verschwunden. Weg! Vom Erdboden verschluckt!

Oder vom Haus, wie es nach den folgenden Ereignissen hieß, als sein Bruder ebenfalls urplötzlich verschwand und kurze Zeit später auch seine Eltern. Einzig der seltsame Onkel blieb zurück. Der Mann, um den Andy stets versucht hatte, einen Bogen zu machen. Und der nur wenig später in eine psychiatrische Klinik eingeliefert wurde.

Andy erinnerte sich gut daran. Seine Mutter, die in der Klinik arbeitete, erzählte, der Mann würde ständig von einem nicht eingelösten Versprechen reden. Er hätte ihnen doch gegeben, was sie wollten. Warum hielten sie sich jetzt nicht an die Abmachung? Wer *sie* waren und um welche Abmachung es sich handelte, blieb ein Rätsel. Niemand wusste, wovon der Mann gesprochen hatte.

Im Laufe der Jahre war sein wirres Gerede in Vergessenheit geraten. Auch Andy hatte nicht mehr daran gedacht. Bis die Clique, die ihn gerade verfolgte, vor ein paar Wochen das Schloss des seitdem leer stehenden Gebäudes aufgebrochen hatte, um eine Nacht im Menschenschlucker-Haus, wie es seit den Vorfällen hieß, zu verbringen.

Diese kleine Clique. Diese drei megacoolen Jungs, die das Haus in jener Nacht leider nicht verschluckte! Sie hatten nichts Besseres zu tun, als ihn zu mobben, ihn herumzuschubsen, ihn zu schikanieren und sogar zu attackieren. Beim letzten Mal war er gerade noch mit einem blauen Auge davongekommen. Im wahrsten Sinne des Wortes.

»Er ist bestimmt im Menschenschlucker-Haus!«

Da war sie wieder. Die Stimme, die ihn schon im Traum verfolgte. Sie hatten also erkannt, dass sie dem Falschen gefolgt waren.

Andy musste schnell hier raus. Oder sich irgendwo verstecken. Gut verstecken, wenn er dieser Clique entwischen wollte. Mal wieder! Wie nahezu jeden Tag! Wieso ließen sie ihn nicht endlich in Ruhe? Was hatte er ihnen getan? Natürlich! Er hatte dem Cliquenanführer, Mister Obercool, die Freundin ausgespannt.

»Los! Schnappen wir ihn uns!«

Mit einem heftig in der Brust klopfenden Herzen und dem wilden Rauschen des Blutes in seinen Ohren stürzte Andy los. Weg vom Eingang. Sie waren unterwegs. Gleich würden sie die Tür aufreißen! Ihn finden! Ihn verprügeln! Vielleicht sogar schwer verletzen.

Die Treppe in den Keller. Er musste hinunter! Nein! Zu naheliegend! Da würden sie als Erstes suchen. Die Treppe in den ersten Stock! Die zweite Wahl. Los!

Die Stufen mündeten in einen kurzen Flur, an dessen Ende sich eine eiserne Wendeltreppe noch eine Etage höher schlängelte. Auf den Dachboden. Die nach oben aufklappbare Lukentür stand offen.

Wie die Haustür, die gerade mit Wucht gegen die Wand krachte.

»Verteilen!«, hörte Andy das Kommando des Anführers.

»Ich geh nach oben!«

Mist! Warum musste gerade Marco oben suchen? Panisch, und lauter trampelnd als gewollt, nahm Andy immer zwei Stufen der engen Wendeltreppe. Mit einem Hechtsprung rettete er sich auf den gebretterten Dachboden. Wie er es schaffte, sofort wieder auf die Beine zu kommen und gleichzeitig die Luke zuzuknallen, konnte er nicht sagen. Er ahnte nur, dass Marco es gehört und er damit seinen Vorsprung verspielt hatte.

Hektisch drehte er sich einmal um die eigene Achse, um ein Versteck zu suchen. Sein Blick streifte viel Gerümpel. Im hinteren Teil des Dachbodens, der nicht vom Licht, das durch die beiden Dachfenster drang, erhellt wurde, entdeckte er einen alten Schrank. Ohne darüber nachzudenken, dass Marco ihn dort garantiert finden würde, stolperte er auf das Möbelstück zu, riss die beiden Türen auf, schlüpfte geduckt hinein und schloss sie gerade noch rechtzeitig, bevor die Luke sich hob.

So leise Andy konnte, glitt er unter den zumeist leeren Bügeln an der Stange hindurch, um sich in die Ecke zu drücken. Ein schäbiger Wintermantel hing dort. Von ihm erhoffte er sich etwas Sichtschutz.

Dann ging alles sehr schnell. In dem Moment, in dem er irgendetwas in Kopfhöhe nahe dem Mantel berührte, wurden die Schranktüren aufgerissen.

Erschrocken hielt er den Atem an und schloss die Augen, darauf wartend, dass zwei Hände wütend nach ihm greifen würden.

»Shit!« Die Schranktüren knallten wieder zu. »Hier oben ist er nicht!« Das war Marcos genervt klingende Stimme. Sie entfernte sich. Nur wenige Sekunden später hörte Andy seinen Erzfeind die Wendeltreppe wieder hinuntertrampeln.

Wie war das möglich? Marco musste ihn doch gesehen haben!

Langsam öffnete Andy die Augen. Er erstarrte in diesem Moment nicht nur körperlich, sondern auch geistig. Unfähig, sich zu bewegen und den angefangenen Gedanken zu Ende zu denken, starrte er in den hellen, wie erleuchtet wirkenden Nebel, der ihn umgab. Hatte Marco ihn doch erwischt und mit einem gezielten Schlag ins Land der Träume geschickt?

Wohl eher ins Land des Nebels!

Gedankenlos und wirr streckte Andy die Hand aus. Hinein in die lichterfüllten Schwaden. Nach ein paar Zentimetern stieß er gegen etwas Hartes. Es gab sofort nach. Und mit diesem nachgebenden Etwas kippte auch sein Körper nach vorne. Erschrocken versuchte er, den Fall abzufangen, der ihn aus dem Schrank heraus auf den gebretterten Boden beförderte.

Der helle Nebel! Wo war er plötzlich?

In seinem Kopf begann sich, alles zu drehen. Als ob ihm schwindlig wäre, kreisten die Schrägen des Dachbodens um ihn herum. Indem er eine bestimmte Stelle fixierte, versuchte er, diesem Karussell Einhalt zu gebieten. Er schaffte es tatsächlich, den Übelkeit heraufbeschwörenden Schwindel zu beenden.

Erleichtert schloss Andy die Augen und stieß die kurzzeitig angehaltene Luft wieder aus. Was war nur geschehen? Er war auf der Flucht vor Marco und seinen Mitläufern gewesen. Im Haus seines verschwundenen Freundes hatte er sich in einem Schrank auf dem Dachboden versteckt. Was dann passiert war, konnte er sich nicht erklären. Marco hatte ihn gesucht. Hatte ihn so gut wie entdeckt, ihn aber doch nicht gesehen. Einfach nicht gesehen! Und er hatte sich umhüllt von komisch leuchtendem Nebel wiedergefunden. Bis er aus dem Schrank gestolpert war.

Warum?

Ohne daran zu denken, dass Marco mit seiner Clique noch im Haus und in Hörweite sein könnte, rappelte er sich auf und wandte sich zu dem Schrank um. Der Mantel! Er stach ihm sofort ins Auge. Auch im schummrigen Licht des hinteren Dachbodenteils. Doch Andy entdeckte noch mehr. An einem Haken nur zwei Bügel vor dem Kleidungsstück baumelte eine Schirmmütze. Sie hing so dort, dass er direkt unter ihr gewesen sein musste, als Marco die Türen aufgerissen hatte. War es die Mütze gewesen, die seinen Kopf gestreift hatte?

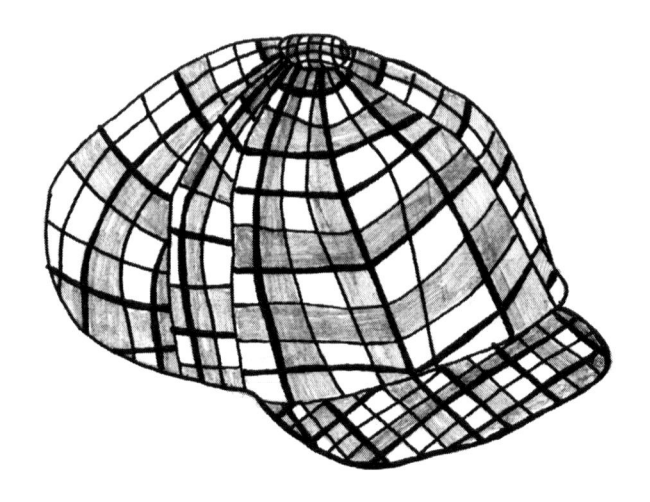

Andy trat einen Schritt näher. Langsam streckte er die Hand nach der zerschlissenen Kappe aus. Sie war alt. Abgetragen. Der karierte Stoff war zum Teil verblichen, zum Teil wies er Risse auf. Dieses Ding war uralt, als ob es noch von Michis Urgroßvater stammte. Der jedoch hatte sie nicht getragen. Sie hatte Michis unheimlichem Onkel gehört. Da war Andy sich ganz sicher. Oder nicht? Doch! Dieses Ding kam ihm bekannt vor. Allerdings konnte er sich nicht erinnern, ihn je mit dieser Kappe auf dem Kopf gesehen zu haben. Er hatte sie immer nur in der Hand gehalten und versucht, sie anderen aufzusetzen. Immer wieder!

Andys Gehirn begann plötzlich, Szenen aus der Vergangenheit detailgetreu wiederzugeben. Vorfälle, die zeigten, wie dieser verschrobene Mann versucht hatte, Michi die Mütze aufzuhocken. Oder dessen Bruder. Seltsamerweise immer nur dann, wenn er glaubte, mit einem von beiden allein zu sein. Andy erinnerte sich, wie Michi sich jedes Mal dagegen gewehrt hatte. Wie er dieses hässliche, speckig wirkende Ding beiseite wischte. Auch sein Bruder hatte dies getan, weil er sie schmierig und eklig stinkend fand. Bei Andy hatte der Onkel es nie versucht! Warum eigentlich nicht?

Weshalb er sich gerade jetzt so genau daran erinnerte, konnte er nicht sagen. Er wusste nur, dass er zu kombinieren begann, eins und eins zusammenzählte. Was ergaben diese Fakten aber? Dass Michis Onkel stets probiert hatte, einem der beiden das Ding aufzusetzen, und dass …

Waren das überhaupt Fakten? Was war vorhin geschehen?

Andy nahm die Kappe vom Haken. Sie fühlte sich genauso an, wie sie aussah. Und roch auch so. Angewidert rümpfte er die Nase. Am liebsten hätte er die Schirmmütze sofort wieder in den Schrank geworfen. Doch seine Neugier war größer. Er musste es wissen! Musste wissen, ob er sich irrte. Ob ihm sein vor Angst gestresstes Gehirn einen Streich gespielt hatte.

Tief durchatmend schloss er die Augen und lauschte für einen Augenblick, ob er Marco und dessen Anhänger noch irgendwo hörte, bevor er sich die Kappe zögerlich auf den Kopf setzte.

Als er die Augen wieder öffnete, fand er sich tatsächlich inmitten dieses hellen Nebels wieder. Er hatte es sich also nicht eingebildet. Es war kein Traum gewesen. Kein Bild, das sein überfordertes Gehirn ersonnen hatte. Dieser von Licht erfüllte Dunst umhüllte ihn wahrhaftig. Und gab ihn langsam wieder frei.

Je länger Andy versuchte, durch diese leuchtende Trübe zu starren, desto mehr hatte er das Gefühl, dass sich seine Augen entweder den Verhältnissen anpassten oder der Nebel sich aufzulösen begann. Letzteres bestätigte sich nur wenige Sekunden später. Als ob die seltsamen Schwaden ihn nie umgeben hätten, stand er auf dem Dachboden vor dem offenen Schrank.

»Hm!«, brummte er, während er nach den Türen langte, um sie mehr unbewusst denn geplant zu schließen. »Komisch!« Ratlos, weil er sich diese Erscheinung nicht erklären konnte, zuckte er mit den Schultern. »Das ist wirklich …«, *merkwürdig*, wollte er murmeln. Das Wort blieb ihm im Hals stecken, wie auch seine Hand, mit der er die Kappe entfernen wollte, mitten in der Bewegung erstarrte. Die Schranktüren. Sie waren einst mit zwei großen Spiegeln ausgestattet gewesen. Heute war nur noch ein Bruchteil davon auf der linken Seite erhalten. Zum Teil gesplittert, aber noch nicht blind. Und doch konnte er sein Spiegelbild nicht ausmachen, obwohl er direkt davor stand. Der kaputte Spiegel zeigte das Gerümpel auf der anderen Dachbodenseite. Er konnte sogar die nach oben geklappte Lukentür erkennen. Warum sich aber nicht selbst?

Völlig verwirrt hob er einen Arm und bewegte ihn langsam auf und ab. Keine Bewegung im Spiegel! Kein Arm! Nichts! Gar nichts! Wie war das möglich?

Eine Stimme riss ihn aus seinen Gedanken. Marco! Er und seine Mitläufer waren immer noch da. Verdammt! Er musste endlich hier raus und verschwinden.

Ohne weiter über sein fehlendes Spiegelbild nachzudenken, grapschte er nach der muffigen Kappe, riss sie sich vom Kopf und erstarrte erneut. Die übrig gebliebenen Teile des gesplitterten Spiegels zeigten sein verdutzt dreinblickendes Gesicht und den erstaunt aufgeklappten Mund.

Unmöglich!

Oder nicht?

Andys Mundwinkel hoben sich. Er wollte es nicht glauben, doch es passte alles zusammen. Sein fehlendes Bild im Spiegel! Marco, der ihn im Schrank nicht entdeckt hatte, obwohl er ihn hätte sehen müssen!

Konnte es sein, dass diese olle, stinkende, hässlich speckige Schirmmütze ihn unsichtbar machte? War dieses Ding tatsächlich eine Tarnkappe? Eine dieser mystischen Kappen, die er aus Geschichten kannte? Aber so etwas existierte nicht! Das war wider jegliche Logik. Oder doch nicht?

Es gab nur eine Möglichkeit, nur eine einzige Chance, es herauszufinden! Marco und seine Kumpels hatten nämlich beschlossen, sich noch ein bisschen im Menschenschlucker-

Haus zu vergnügen. Bliebe er hier, würde er mit Sicherheit bald entdeckt werden. Es sei denn, die Kappe machte ihn tatsächlich unsichtbar.

Nervös atmete er die warme, staubig trockene Luft ein. Angespannt starrte er auf sein verzerrtes Spiegelbild, auf dem er das abgegriffene Ding in der Hand hielt. Jetzt! Er musste es jetzt wagen, wenn er noch eine Chance haben wollte, Marco vielleicht durch ein Fenster im ersten Stock zu entkommen, für den Fall, dass seine Sinne ihn doch täuschten.

Sie täuschten ihn nicht. Der seltsam helle Nebel umhüllte ihn sofort, als er sich die Schirmmütze wieder aufsetzte. Als ob er von einer Sekunde auf die andere in eine dichte Wolkenwand getreten wäre, die sich nur wenige Augenblicke später wieder auflöste. Mit angehaltenem Atem glotzte Andy auf den kaputten Spiegel, der vor einem Moment noch sein Bild gezeigt hatte. Es war verschwunden. Als ob er einfach nicht davorstehen würde. Wieder nicht!

Ein verschmitztes Grinsen huschte Andy über das triumphierend nickende Gesicht. Dieses Ding machte ihn unsichtbar. Es war in der Tat eine Tarnkappe! Dabei hätte er schwören können, dass es so etwas nur in fantastischen Geschichten gab.

Leider entstammten die Stimmen, die vom ersten Stock zu ihm drangen, auch keiner Fantasie. Sie näherten sich dem Dachbodenaufgang. Der Augenblick der Wahrheit war gekommen!

Noch während Andy sich zum Aufgang herumdrehte, sah er Marcos Kopf in der offenstehenden Luke erscheinen. Er blickte direkt in seine Richtung. Er sah ihn nicht! Es war, als ob er durch Andy hindurchgucken würde. Als ob er nicht da wäre.

Dank der Tarnkappe war er es für Marco und seine Anhängsel auch nicht. Andys Lippen verbogen sich zu einem Grinsen, das Bände sprach, als Marco den Dachboden erklomm und zwei weitere Gesichter im Aufgang auftauchten, die ihn ebenfalls nicht wahrnahmen. Als alle drei auf dem Dachboden standen und sich suchend umsahen, schlich Andy vorsichtig an ihnen vorbei. Leise bewegte er sich die Wendeltreppe nach unten in den ersten Stock. Dann nahm er die Beine in die Hand und rannte die Stufen ins Erdgeschoss hinunter, riss die nur angelehnte Haustür auf und stürzte nach draußen.

Außer Atem, als ob er zehn Kilometer gejoggt wäre, drehte er sich in der ungepflegten, verwilderten Einfahrt um. Niemand folgte ihm. Sie hatten ihn nicht gesehen. Er hatte sie überlistet. Wenn auch ungeplant.

»Wahnsinn!«, entfuhr es ihm. »Absolut unglaublich! Dieses Ding ist Gold wert.«

War es das wirklich? Er dachte nicht mehr an das, woran er sich vor etwa einer halben Stunde erinnert hatte, während er sich umdrehte und unsichtbar auf den Weg nach Hause machte.

Mit der Tarnkappe ins Haus schleichen und seine Schwester erschrecken – das würde lustig werden! Sie würde an einen Trick glauben. Die Wahrheit würde sie nie erfahren. Wie auch alle anderen nicht. Andy wollte das Geheimnis der Kappe für sich behalten und niemandem davon erzählen. Er alleine wollte sie nutzen. Wofür? Es gab so viele Möglichkeiten. So viele …

Andys sich überschlagende Gedanken brachen ab.

Was war das? Er meinte, einen Schatten gesehen zu haben. Eine dunkle Gestalt. Zu seiner Linken. Erschrocken fuhr er herum. Nichts! Da war niemand. Aufatmend drehte er sich wieder um. Und erstarrte!

Da war sie wieder! Die dunkle Gestalt, die keine war. Nur etwas mehr als einen Meter von ihm entfernt stand dieses schwarze Ding. Es sah aus wie der lebendig gewordene Schatten eines Menschen. Beinahe durchsichtig, doch von eigenartig wabernder Masse.

Es streckte zu Andys Entsetzen einen Arm nach ihm aus. Nein, nicht nach ihm! Nach der Kappe! Dieses Etwas griff nach seiner Kappe.

Schockiert schrie Andy auf, zuckte zusammen und stolperte ein paar Schritte zurück. Was war das für ein Wesen? Was wollte es von ihm? Und warum konnte es ihn sehen?

Andy musste sich eingestehen, dass er nichts über die Funktionsweise der Tarnkappe wusste. Über das, was sie wirklich mit ihm anstellte. Rein gar nichts!

Erschrocken wich er immer weiter vor der seltsamen Gestalt zurück. Ein ungutes Gefühl überkam ihn, während er versuchte, seine Gedanken und aufkommenden Fragen zu ordnen. Eine innere Stimme warnte ihn. Sie rief ihm die Erinnerung an Michis Onkel ins Gedächtnis zurück. Dessen eigentümliches Verhalten! Michis Verschwinden! Das Verschwinden der ganzen Familie! Die wirren Worte des Mannes bei seiner Einlieferung! Die Abmachung! Das angeblich nicht eingelöste Versprechen!

In Andys Kopf schien plötzlich ein Tornado zu toben, der alles durcheinanderwirbelte und ihm nicht gestattete, einen klaren Gedanken zu fassen. Er ließ ihn sogar Marco und dessen Kumpels vergessen. War er vor ein paar Minuten noch heilfroh gewesen, dieser Schlägerclique entkommen zu sein, begann er nun, den Einsatz der Tarnkappe zu bereuen. Aus einem Reflex langte er nach der verschlissenen Schirmmütze, riss sie sich vom Kopf, warf sie weit von sich und rannte los.

Es war sein Glück. Die Kappe war nämlich ein Lockmittel. Ein Köder von Wesen aus einer parallel existierenden Realität. Bewohnt wurde sie nicht von Menschen und Tieren, sondern von schattenartigen Kreaturen, die zwar Menschen glichen, aber keine waren. Und doch gab es dort ein paar reale Personen – wie den mittlerweile achtzehnjährigen Michi, seinen älteren Bruder sowie deren Eltern. Und einige andere einst Verschwundene. Manche hatten sich bereits vor Michi und seiner Familie scheinbar in Luft aufgelöst, zwei weitere danach. Außerdem gab es einige Gräber. Sie waren mit Namen versehen, die auf Vermisstenlisten Ende des 19. und des frühen 20. Jahrhunderts standen. Menschen, die eines Tages plötzlich weg und nie wieder zurückgekehrt waren.

Dass Andys Name nicht auch auf der bereits langen Liste von Verschwundenen auftauchen sollte, hatte er seiner Angst zu verdanken. Dem unguten Gefühl, das sich in ihm ausgebreitet und ihn unbewusst dazu veranlasst hatte, sich die Tarnkappe vom Kopf zu reißen, bevor die Gestalt sie ergreifen konnte. Hätte sie es geschafft, hätte sich durch den Zauber, den die Schatten auf die Kappe gelegt hatten, diese sofort in der Realität der Menschen wieder materialisiert. Andy aber hätte, wie alle anderen Verschwundenen, in der Welt der Schatten bleiben müssen. Doch nicht als er selbst.

Auch Michi war nicht mehr er selbst. Wie sein Bruder,

sein Vater und seine Mutter. Ihre Wesen, ihre Seelen, ihre Persönlichkeiten waren verloren gegangen. Ausgelöscht. Ersetzt durch dunkle Schemen, die sich nichts sehnlicher als einen menschlichen Körper wünschten. All ihre Magie und Zauberkraft konnte ihnen aber nicht dazu verhelfen. So mussten sie sich die Körper aus der parallelen Realität beschaffen. Aus einer Welt, die sie einst während ihrer Experimente entdeckt hatten. Da es ihnen aber nicht möglich war, jene Welt zu betreten, und die Menschen weder von einer parallel existierenden Realität noch von den Schattenwesen wussten, waren sie gezwungen zu tricksen. Mit einer Kappe. Einer karierten Schirmmütze. Dem einzigen Gegenstand, den sie mit ihrer Magie je über die Grenze bringen konnten. Und doch war er perfekt für ihr Vorhaben. Belegt mit einem komplizierten Zauber, der die Menschen in ihre Welt holte, sendeten sie die Kappe zurück in die parallele Realität. Dort wurde das herrenlos erscheinende Kleidungsstück schnell entdeckt und auch benutzt. Keine Sekunde später fand sich das ahnungslose Opfer in der Welt der Schatten wieder. Manche bemerkten sofort, dass das Tragen der Mütze etwas bewirkte. Einige nutzten den scheinbaren Zauber der Tarnkappe sogar mehrmals. Doch stets nur, bis sie auf einen der dunklen Schemen trafen. Ein Griff dieser Wesen nach der Mütze genügte, um das Opfer in ihrer Welt festzuhalten. Und eine einzige Berührung reichte aus, um den Körper des Menschen zu übernehmen.

Jeder, der die verzauberte Mütze genutzt hatte, bewusst oder unbewusst, war früher oder später ein Opfer des Körperraubs geworden. Alle!

Alle?

Nein! Michis Onkel hatten die Schatten verschont.
Wirklich verschont?
Nicht direkt.

Es begann, als seine Frau die Schirmmütze mit nach Hause brachte. Ein hässliches Ding, das sie irgendwo am Wegrand gefunden hatte. Sie schwor, dass die Kappe vor ihren Augen plötzlich aufgetaucht war. Aus dem Nichts! Einfach so war sie von einer Sekunde auf die andere da gelegen.

Neugierig geworden, aber auch skeptisch, hatte sie sich ihr genähert und sie vorsichtig aufgehoben. Nichts war passiert! Also hatte sie die Mütze mitgenommen, um sie ihrem Mann zu zeigen.

»Du musst auch alles aufheben, was du findest.« Ihr Mann schüttelte den Kopf und griff nach der Schirmmütze. »Die hässliche Kappe kannst du selber tragen.« Als er sie seiner Frau auf den Kopf setzte, passierte etwas Unerwartetes. Sie verschwand! Sie verschwand einfach vor seinen Augen.

»Emilie?« Mit offenem Mund starrte er auf die Stelle, an der seine Gattin gerade noch gestanden hatte. »Wo bist du?« Überrumpelt und perplex streckte er eine Hand aus. Sie ergriff ihren Oberarm, als Emilie wieder auftauchte. Mit der Schirmmütze in der Hand blickte sie ihm verwirrt in die weit aufgerissenen Augen.

»Herbert, was ist? Was war das? Da war plötzlich ein heller Nebel!«

Aus seiner verwunderten Erstarrung gerissen, erwiderte er ihren Blick, bevor er antwortete: »Und du warst plötzlich weg für ein paar Sekunden. Als ich dir ...« Er kam nicht dazu, den Satz zu beenden. Emilie hatte bereits kombiniert. Als sie sich die Mütze wieder auf den Kopf setzte, verschwand sie erneut vor seinen Augen. Und tauchte nur ein paar Sekunden später wieder auf.

»Das ist eine Tarnkappe, Herbert!« Ihre Stimme klang begeistert. »Dass dieses Ding was Besonderes ist, wusste ich, als sie vor meinen Augen einfach …« Sie brach ab, schüttelte den Kopf und flüsterte: »Weißt du, was man damit alles machen kann?«

Sie kam nicht mehr dazu, ihre in den folgenden Tagen geschmiedeten Pläne in die Tat umzusetzen. Die erneute Nutzung der Tarnkappe wurde ihr zum Verhängnis. Und Herbert war Zeuge!

Wieder einmal sah er seine Frau mittels der Mütze verschwinden. Dieses Mal aber tauchte nur eine Minute später nicht Emilie mit der Kappe in der Hand wieder auf. Nur die Mütze erschien vor seinen Augen. So, wie es seine Frau vor einigen Tagen beschrieben hatte.

Geschockt angelte er nach dem Ding. Emilie! Was war passiert? Wo war sie?

Nicht weiter darüber nachdenkend, welche Folgen sein Tun haben könnte, setzte er sich die Kappe auf den Kopf. Sofort wurde er von hellem Nebel eingehüllt. Wenige Augenblicke später verflüchtigte der sich wieder. Was er dann erlebte, verfolgt Herbert noch heute in seinen Albträumen.

Der Schatten! Dieses seltsam wabernde Ding, das zwar menschliche Gestalt besaß, aber kein Mensch war, streckte den Arm nach Emilie aus. Erschrocken sah er seine Frau die Hand vor den Mund schlagen. Hörte sie schreien. Dann ging alles furchtbar schnell. Kaum hatte der Schatten Emilie ergriffen, musste Herbert mit ansehen, wie diese irreale Gestalt in ihren Körper gezogen wurde. Oder hineinschlüpfte? Er konnte es nicht sagen! Er ahnte nur, dass er seine Frau in diesem Moment verloren hatte, ohne etwas dagegen tun zu können. Der Schatten hatte sie ihm weggenommen! Hatte einfach Emilies Körper gestohlen!

Woher er das wusste?

Er konnte es in ihren Augen sehen, als der ehemalige Schatten ihn bemerkte. Da war nichts mehr von Emilie in diesem Blick. Wohl waren es ihre Augen, die ihn plötzlich wie ertappt anstarrten, doch war nichts mehr darin, was er mit seiner Frau in Verbindung brachte. Sie war es nicht mehr. Das Wesen hatte ihren Körper übernommen.

Anstatt ihn aber zu attackieren, sprach die ehemals dunkle Silhouette ihn an. Und machte ihm ein Angebot! Ein Angebot, das verlockend klang. Sehr verlockend, wenn es nicht einen Haken gehabt hätte.

»Bring mir die vier Menschen, die dir am nächsten stehen. Dann gebe ich den Körper dieser Frau wieder frei.«

Leider waren die Einzigen, die Herbert nahe standen, sein Bruder, dessen Frau und die Kinder der beiden!

Seine Überlegung, einfach vier andere Menschen zu liefern, wurde barsch abgewiesen: »Wage nicht, mich zu betrügen! Ich kenne deine Familie. Emilies Gedanken, ihre Erinnerungen haben mir alles verraten. Ich will deinen Bruder, seine Frau und die beiden Söhne. Genau die sollen die Freikarte für deine Frau sein.«

Eine Lüge! Alles war gelogen!

Herbert hatte dem Schatten seine Familie geliefert, sie ihm und den anderen ausgeliefert. Seine Frau aber hatte er nicht zurückbekommen. Stattdessen wollten die Wesen plötzlich mehr Menschen. Zwei hatte Herbert ihnen noch geben können, bevor er, von Schuldgefühlen zerrissen, einen Nervenzusammenbruch erlitt und aufgrund von Wahnvorstellungen in die Psychiatrie eingeliefert wurde. Noch heute sitzt er dort ein und versucht, seine Ärzte und Pfleger davon zu überzeugen, dass die Tarnkappe existiert. Die Kappe und die körperlosen Wesen, die ihn betrogen haben.

»Dieser Feigling hat uns verarscht!« Marco schnaubte wie ein verärgerter Stier. »Verdammt!« Wütend schmetterte er die Tür des Menschenschlucker-Hauses so in das ohnehin schon defekte Schloss, dass sie sofort wieder aufsprang und mit Wucht gegen die Wand knallte. »Den kriegen wir schon noch!«

Mit einem Wink, der seinen Status in der kleinen Clique unterstrich, brachte er seine beiden Kumpels dazu, ihm zu folgen. »Der ist bestimmt nach Hause gelaufen. Heim zu Mama! Der Jammerlappen!«

»Wie hat er es geschafft, an uns vorbeizukommen? Wir haben ihn doch auf dem Speicher gehört!« Einer der beiden anderen Jungs deutete flüchtig in Richtung Dach. »Haben wir uns getäuscht und es war doch nur ein Tier dort oben?«

»Niemals!« Marco kniff die Augen zusammen. »Solche Geräusche verursacht kein Tier.« Er hob betonend einen Finger. »Das war er! Da bin ich mir sicher!«

»Warum haben wir ihn dann nicht geschnappt?«, fragte der andere. »Wenn Andy wirklich im Haus war, hätten wir ihn sehen müssen. Er hätte keine Chance gehabt, zu entwischen.«

»Er ist uns aber entwischt!«, funkte Marco grimmig dazwischen. »Und ich will wissen, wie!«

»Kann es nicht doch sein, dass er gar nicht hier war?«, fragte der erste Junge nun kleinlaut. »Ich meine, er ist schnell. Er hat uns vielleicht wirklich abgehängt.«

»Hat er nicht!« Marcos Laune verschlechterte sich mit jeder Sekunde, die verstrich. »Und nun verschwindet, bevor ich die Beherrschung verliere. Ihr geht mir auf die Nerven!« Demonstrativ deutete er in die Richtung, aus der sie gekommen waren. »Haut ab! Macht euch dünn! Ich will euch heute nicht mehr sehen!«, zischte er zornig, bevor er die beiden einfach stehen ließ und sich davon machte.

Kurze Zeit später entdeckte Marco eine alte, karierte Schirmmütze am Straßenrand. Sie lag direkt unter einem Schild, auf dem *Anlieger frei* stand. Neugierig hob er sie auf. »Was ist das denn für ein hässliches Teil?«, murmelte er gereizt. Mit angewidert verzogenem Gesicht betrachtete er die Schirmmütze, bevor er beschloss, sie zu behalten und sich auf den Kopf zu setzen.

»Hast du schon gehört, dass Marco verschwunden ist?« Andys Mutter warf ihre Handtasche auf den Küchentisch. »Haben sie auf der Arbeit erzählt.«

»Was?« Erschrocken drehte Andy sich vom Fernseher weg. Er suchte den Augenkontakt zu seiner Mutter, die gerade das Wohnzimmer betrat. »Wann?«

»Vor zwei Tagen bereits. Er war mit seinen Freunden am Freitag, als sie dich mal wieder auf dem Kieker hatten, wohl auch im Menschenschlucker-Haus. Seine Freunde haben gesagt, sie hätten das Haus zwar zusammen verlassen, seien aber dann getrennte Wege gegangen. Von da an hat ihn niemand mehr gesehen. Gemunkelt wird, dass er wieder ins Haus zurückgegangen sein könnte, das ihn dann ... na ja ... verschluckt hat.« Sie verzog das Gesicht und zuckte mit den Schultern. »Was war denn schon wieder los zwischen euch?«

»Das Übliche!« Andy stand auf. »Er ist und bleibt halt ein ...« Das letzte Wort verkniff er sich.

»Hast du ihn danach noch mal gesehen?« Seine Mutter verschränkte die Arme vor der Brust und verlagerte ihr Gewicht von einem Bein auf das andere. »Nicht dass du am Ende noch verdächtigt wirst, mit seinem Verwinden zu tun zu haben. Ich meine, eure ständigen Auseinandersetzungen ...«

»Quatsch!« Andy winkte ab. »Ich habe damit nichts zu tun!«

»Das hoffe ich doch!« Sie hob die Augenbrauen und sah ihrem Sohn, der nun direkt vor ihr stand, in die Augen, als ob sie in ihnen würde lesen wollen. »Wenn du aber irgendetwas weißt, irgendwas dazu sagen kannst ...«

»Nein, Mama!« Er schüttelte den Kopf, während er ihrem durchdringenden Blick standhielt. »Ich habe ihn tatsächlich das letzte Mal gesehen, als ich mich im Haus versteckt habe. Als sie auf dem Dachboden waren, konnte ich abhauen. Ich habe nicht mal mitbekommen, dass sie sich getrennt haben.«

»Dann ist er wohl wirklich vom Haus verschluckt worden.« Erneut hob sie die Augenbrauen. »Oder *sie* haben ihn vielleicht geholt!«

»Sie?« Fragend verzog Andy das Gesicht.

»Na, du weißt schon! Die, von denen Herbert immer behauptet hat, sie hätten sich nicht an die Abmachung gehalten. Was das auch immer bedeuten sollte.«

Die Erkenntnis traf Andy in dieser Sekunde wie ein Hammerschlag. Herbert! Sein seltsames Verhalten! Die wirren Worte! Das Verschwinden von Michi und seiner Familie!

Es war nicht das Haus! Nicht das Gebäude hatte sie verschluckt. Es war die Tarnkappe! Sie hatte damit zu tun! Sie und diese merkwürdigen Schatten, die er gesehen hatte.

»Ich habe sie weggeworfen«, murmelte er geschockt.

»Was? Wovon redest du?« Seine Mutter packte ihn an den Oberarmen. »Was ist plötzlich los mit dir? Du siehst aus, als ob du einen Geist gesehen hättest.«

»Keinen Geist, Mama, aber etwas Ähnliches habe ich am Freitag gesehen. Und ich glaube, ich weiß, was mit Marco passiert ist. Und mit Michi und den anderen. Ich habe nämlich Herberts alte Schirmmütze gefunden. Nicht das Haus ist der Übeltäter. Die Kappe ist es. Ich habe sie weggeworfen. Und ich glaube, Marco hat sie gefunden«, sagte er, bevor er ihr detailgetreu erzählte, was vor zwei Tagen geschehen war. Er schloss mit den Worten: »Wir müssen sie suchen und vernichten, bevor sie noch mehr Schaden anrichten kann.«

Biografie

Bettina Ickelsheimer-Förster wurde 1973 in Rothenburg ob der Tauber geboren.

Nach dem Abitur studierte sie Philosophie, Psychologie (Schwerpunkt: Arbeits- und Organisationspsychologie) und Rechtswissenschaften (Schwerpunkt: Strafrecht).

Nebenberuflich schrieb sie Kurzgeschichten, die in zahlreichen Anthologien diverser Verlage veröffentlicht wurden.

Heute gehört ihr der *»Verlag der Schatten«*. Sie verfasst aber weiterhin Kurzgeschichten sowie neuerdings auch Romane.

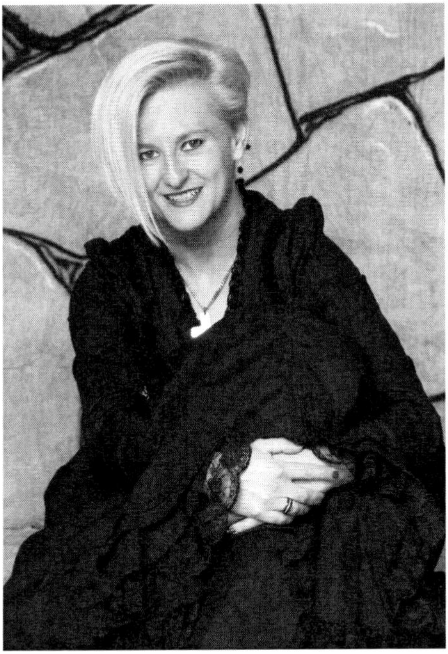